王尔德喜剧集

不可儿戏

[英] 奥斯卡·王尔德　著

余光中　译

THE IMPORTANCE OF BEING EARNEST

深圳出版社

版权登记号　图字：19-2024-151号
本书译文由台北九歌出版社有限公司授权出版，
经北京玉流文化传播有限责任公司代理

图书在版编目（CIP）数据

不可儿戏 / （英）奥斯卡·王尔德著 ； 余光中译. -- 深圳 ： 深圳出版社，2024.12
（王尔德喜剧集）
ISBN 978-7-5507-4012-9

Ⅰ. ①不… Ⅱ. ①奥… ②余… Ⅲ. ①喜剧—剧本—英国—近代 Ⅳ. ①I561.34

中国国家版本馆CIP数据核字(2024)第075941号

不可儿戏
BUKE ERXI

出 品 人　聂雄前
责任编辑　简　洁
责任校对　熊　星
责任技编　郑　欢
插　　画　狐桃-Q
封面设计　日·尧

出版发行　深圳出版社
地　　址　深圳市彩田南路海天综合大厦（518033）
网　　址　www.htph.com.cn
订购电话　0755-83460239（邮购、团购）
设计制作　深圳市龙瀚文化传播有限公司 0755-33133493
印　　刷　雅昌文化（集团）有限公司
开　　本　787mm×1092mm　1/32
印　　张　7.125
字　　数　81千
版　　次　2024年12月第1版
印　　次　2024年12月第1次
定　　价　60.00元

作者简介

奥斯卡 · 王尔德（Oscar Wilde，1854—1900），出生于爱尔兰的都柏林，是19世纪英国最伟大的作家与艺术家之一，以其剧作、诗歌、童话和小说闻名，唯美主义代表人物，19世纪80年代美学运动的主力和90年代颓废派运动的先驱。主要作品有小说《道林 · 格雷的画像》、童话《快乐王子》、戏剧《温夫人的扇子》《不要紧的女人》《理想丈夫》《不可儿戏》《莎乐美》等。

译者简介

余光中（1928—2017），当代著名作家、诗人、学者、翻译家。代表作有《白玉苦瓜》（诗集）、《记忆像铁轨一样长》（散文集）及《分水岭上：余光中评论文集》（评论集）等。诗作《乡愁》《乡愁四韵》、散文《听听那冷雨》《我的四个假想敌》等被广泛收录于语文课本。

余光中除了从事诗歌、散文的创作，还翻译了很多其他文体的作品，其中包括王尔德的四部喜剧。他的四部王尔德喜剧译作——《不可儿戏》《理想丈夫》《不要紧的女人》和《温夫人的扇子》是目前文学界的重要译本。

反常合道之为道

——《王尔德喜剧全集》总序

王尔德匆匆四十六年的一生，盛极而衰，方登事业的颠峰，忽堕恶运的谷底，令人震惊而感叹。他去世迄今已逾百年，但生前天花乱坠的妙言警句，我们仍然引用不绝，久而难忘。我始终不能决定他是否伟大的作家，可否与莎士比亚、狄更斯、巴尔扎克、托尔斯泰相提并论，但可以肯定，像他这样的锦心绣口，出人意外，也实在百年罕见。

一八五四年，奥斯卡·王尔德生于都柏林，父亲威廉是名医，母亲艾吉简（Jane Francisca Elgee）是诗人，一生鼓吹爱尔兰独立。他毕业于都柏林三圣学院后，又进入牛津大学的马德琳学院，表现出众，不但获得纽迪盖特诗歌奖[①]，还受颁古典文学一等荣誉。前辈名家如罗斯金与佩特都对他颇有启发。

王尔德尚未有专著出版，便以特立独行成为唯美派的健将，不但穿着天鹅绒外套，衬以红背心，下面则是及膝短裤，而且常佩向日葵或孔雀羽，吸金嘴纸烟，戴绿背甲虫的指环，施施然招摇过市。他对牛津的同学夸说，无论如何，他一定要成名，没有美名，也要骂名。他更声称："成名之道，端在过火。"（Nothing succeeds as excess.）

一个人喜欢语惊四座，还得才思敏捷才行。吹牛，往往沦为低级趣味。夸张而有文采，就是艺术了。王尔德曾说，他一生最长的罗曼史就是自恋。这句话的道理胜过弗洛伊德整本书。

---

① 原译为纽迪盖特诗奖。

我们听了，只觉得他坦白得真有勇气，天真得真是可爱，却难以断定，他究竟是在自负还是自嘲。他最有名的一句自夸，是出于访美要过海关，关员问他携有何物需要申报。他答以“什么都没有，除了天才”。这件事我不大相信。王尔德再自负，也不致如此轻狂吧？天才者，智慧财产也，竟要报关，岂不沦为行李？太物化了吧。换了我是关员，就忍不住回敬他一句：“那也不值多少，免了吧！”

王尔德以后，敢讲这种大话的人，除了披头士的领队列侬[1]（John Lennon），恐怕没有第三人了。从一八九二年到一八九五年，王尔德的四部喜剧先后在伦敦上演，都很成功，一时之间，上自摄政王下至一般观众，都成了他的粉丝。伦敦的出租车司机都会口传他的名言妙语。不幸这时，他和贵家少年道格拉斯之间的同性

---

① 原译为蓝能。

恋情不知收敛，竟然引起绯闻，气得道格拉斯的父亲昆司布瑞侯爵当众称王尔德为“鸡奸佬”。王尔德盛怒之余，径向法院控告侯爵，又自恃辩才无碍，竟不雇请律师，亲自上庭慷慨陈词。但是在自辩过程中他却不慎落进对方的陷阱，露出自己败德的真相。同时他和道格拉斯之间的情书也落在市井无赖的手中，并据以敲诈赎金。王尔德不以为意，付了些许，并未清断。于是案情逆转，他反而变成被告，被判同性恋有罪，入狱苦役两年。喜剧大师自己的悲剧从此开始，知音与粉丝都弃他而去，他从聚光灯的焦点落入丑闻的地狱。他的家人，妻子和两个男孩，不得不改姓氏以避羞辱。他也不得不改姓名，遁世于巴黎。高蹈倜傥的唯美大师，成了同性恋者的首席烈士。

十九世纪的后半期，王尔德是一位全才的文学家，在一切文类中都各有贡献。首先，他是诗人，早年的作品上承浪漫主义的余波，并不怎么杰出，但是后期的《里丁监狱之歌》[1]（*The Ballad of Reading Gaol*），有自己坐牢的经验为印证，就踏实而深刻得多，所以常入选集。诗中所咏的死囚，原为皇家骑兵，后因妒忌杀妻而伏诛。

在童话方面，王尔德所著《快乐王子》与《石榴屋》，享誉迄今不衰。

小说方面，他的《朵连·格瑞之画像》（*The Picture of Dorian Gray*）[2]描写一位少年，生活荒唐却长葆青春，而其画像却日渐衰老，最后他杀了为他画像的画家，并刺穿画像。结果世人发现他自刺身亡，面部苍老不堪；画像经过修整，却恢复青春美仪。此书确为虚实交错之象征杰作，中译版本不少。

戏剧方面，在多种喜剧之外，王尔德另有

---

① 原译为《列丁狱中吟》。

② 大陆译为《道林·格雷的画像》。之后本书中再出现，以大陆译名为准。

一出悲剧《莎乐美》(*Salomé*)，用法文写成，并特请法国名伶伯恩哈特（Sara Bernhardt）去伦敦排练，却因剧情涉及圣徒而遭禁。所以此剧只能在巴黎上演；而在伦敦，只能等到王尔德身后。剧情是希萝迪亚丝弃前夫而改嫁犹太的希律王，先知施洗约翰反对所为，被囚处死。希萝迪亚丝和前夫所生女儿莎乐美，在希律王生日庆典上献演七重面纱之舞，并要求以银盘盛先知断头，且就吻死者之唇。这真是集死亡与情欲之惊悚悲剧，正投合王尔德的病态美学："成名之道，端在过火。"

最后谈到王尔德这四部喜剧。最早译出的是《不可儿戏》，在香港。其他三部则是在高雄定居后译出的。每一部喜剧的译本都有我的自序，甚至后记，不用我在此再加赘述。在这篇总序里我只拟归纳出这四部喜剧共有的特色。

首先，这些喜剧嘲讽的对象，都是英国的贵族，所谓"上流社会"。到了十九世纪后半期，英国已经扩充成了大英帝国，上流社会坐享其成，一切劳动全赖所谓“下层社会”，却以门第自豪，看不起受薪阶级。这些贵族大都闲得要命，只有每年五月，在所谓社交季节，才似乎忙了起来，也不过忙于交际，主要是择偶，或是寻找女婿、媳妇，或是借机敲诈，或是攀附权势，其间手腕犬牙交错，令人眼花。

其次，这些喜剧在布局上都是传统技巧所谓的“善构剧”，剧情的进展要靠多次的巧合来牵引，而角色的安排要靠正派与反派、主角与闲角来对照互证。每部喜剧的气氛与节奏，又要依附在一个秘密四周，那秘密常是多年的隐私甚至丑闻。秘密未泄，只算败德，一旦揭开，就成丑闻。将泄未泄，欲盖弥彰之际，气氛最为紧张。关键全在这致命的秘密应该瞒谁，能瞒多久，而一旦揭晓，应该真相大白，和盘托出，还是半泄半瞒，都要靠高明的技巧。王尔德总是掌控有度，甚至接近落幕时还能翻空出奇，高潮迭起。

纸包不住火，火苗常由一个外客引起：《温夫人的扇子》由欧琳太太闯入；《不要紧的女人》由美国女孩海斯特发难，也可说是由私生子杰若带来；《理想丈夫》则由“捞女”敲诈而生波；《不可儿戏》略有变化，是因两位翩翩贵公子城乡互动，冒名求婚而虚实相生。如果没有这些花架支撑，不但剧情难展，而且，更重要的，王尔德无中生有、正话反说的隽言妙语，怎能分配到各别角色的口中成为台词？

这就讲到这些喜剧的最大特色了。唇枪舌剑，怪问迅答，天女散花，绝无冷场，对话，才是王尔德的看家本领，能够此起彼落，引爆笑声。他在各种文类之间左右逢源，固然多才多艺，而在戏台对话的文字趣克（verbal tricks）上也变化多端，层出不穷。从他的魔帽里他什么东西都变得出来：双关、双声、对仗、用典、夸张、反讽、翻案，和频频出现的矛盾语法（或称反常合道），令人应接不暇。他变的戏法，有时无中生有，有时令人扑一个空，总之先是一惊，继而一笑，终于哄堂。值得注意的是：惊人之语多出自反派角色之口，但正派角色的谈吐，四平八稳，反而无趣。

王尔德的锦心绣口，微言大义，历一百多年犹能令他的广大读者与观众惊喜甚至深思。阿根廷名作家博尔赫斯[①]（Jorge Luis Borges）在《论王尔德》一文中就引过他的逆转妙语："那张英国脸，只要一见后，就再也记不起来。"博尔赫斯论文，眼光独到，罕见溢美。他把王尔德归入塞缪尔·约翰逊[②]（Samuel Johnson）、伏尔泰一等的理趣大师，倒正合吾意，因为我一向觉得王尔德"理胜于情"。博尔赫斯又指出，这位唯美大师写的英文非但不雕琢堆砌，反而清畅单纯，绝少复杂冗赘的长句，而且用字精准，

---

① 原译为博而好思。

② 原译为约翰生。

近于福楼拜的“一字不易”（le mot juste）。这也是我乐于翻译王尔德喜剧的一大原因。

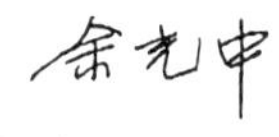

二〇一三年九月于西子湾

一跤绊到逻辑外

——谈王尔德的《不可儿戏》

一

“好心的美国人死后，都去了巴黎”，王尔德的妙语里这么说过。在他的剧本里，杰克要解决他虚构的弟弟任真，也非常方便地伪称他因为中风死在巴黎；后来改了主意，又把死因说成重伤，而非中风。可是最后真死于巴黎的，却是王尔德自己，死因是脑膜炎，死前隐名埋姓，景况萧条。

纪德追忆他做文艺青年的时候，曾听王尔德大言自剖道：“你想知道我一生的这出大戏吗？那就是，我过日子是凭天才，而写文章只是凭本事。”王尔德当时没有想到，他利用天才自编自导的一生，在最得意的高潮会突然失去控制，不到三个月便身败名裂，幽禁囹圄，不到六年便潦倒以终。《不可儿戏》（*The Importance of Being Earnest*）里的狡黠少女西西丽对家庭教师劳小姐说：“我不喜欢小说好下场，看了令我太颓丧了。”劳小姐说：“好人好下场，坏人坏下场，这就是小说的意义。”西西丽说：“就算是吧。不过似乎太不公平了。”在今日的伦敦，王尔德这种人大概已不能算“坏人”了。吾友陈之藩就慨乎言之：“没有一个天才不是同性恋！”这句话本身就有几分王尔德的味道。坏人坏下场，似乎不公平。反过来说，不能算坏人而竟有坏下场，照王尔德的矛盾语法，是否就应该庆祝，却迟了八十年，来不及问他了。

二

王尔德对纪德说那句大话，是在一八九五年。那时他正四十一岁。也就在那一年，他同时饱尝成名之甘与铁窗之苦。照他的艺术观说来，成败如此鲜明，又如此接近，也可以说是修辞上对比（antithesis）的一大胜利了。

《不可儿戏》在伦敦圣杰姆斯剧场的首演，是选在二月十四日，西方的情人节，一名圣瓦伦丁节[①]（Saint Valentine's Day）。首演选在这一天，颇合剧情，因为这是有情人终成美眷的热闹喜剧，而剧中人西西丽的暗自心许正是二月十四。那天天气很冷，满街都是雪泥，伦敦的市民拥在街上，看紧裹貂皮大衣的名媛淑女匆匆进入剧院。青年观众则学王尔德，都在襟上佩着铃兰。剧院里面却温暖如春，漾着香水

① 原译为圣范伦丁日。

的气息。看得出这出戏今晚会一鸣惊人，可是知道内情的人，在兴奋期待的心情之中又不免暗暗担忧。因为昆司布瑞侯爵，王尔德“腻友”道格拉斯的父亲，也订了座。虽然演出人乔治·亚历山大及时发现而将订座取消，这位愤怒的父亲仍然赶来搅局，手里捧了一扎红萝卜和白萝卜拼成的“不雅花束”（phallic bouquet），准备在剧作家出场时用来打靶。院方不让他进去，并在每一道门口布下警察。好出风头的王尔德这次也破例，躲在后台，始终没有露面。

一夕有惊无险，《不可儿戏》的首演轰动伦敦，从观众到报纸，一片好评。以往对他的剧本毁誉不齐的剧评家，这次也在满意的笑声中一致赞扬。《纽约时报》的评论家费甫（Hamilton Fyfe）说道：“可以说王尔德终于一展绝招，把他的敌人全踩在脚底了……这剧本局格小巧，全无目的，就像一只纸做的气球，可是却滑稽得不同凡响，大家都认定它会无限期地一直演下去。”

这是二月中旬的事。那年一月，王尔德已经因为《理想丈夫》的上演大出风头，连小说家韦尔斯也为文称美。等到《不可儿戏》也推出后，王尔德便有两出戏同时在伦敦上演，而且都很叫座。这种风光，有哪位剧作家不引以自豪？王尔德也真是飘飘然了。可是三个月后，他官司败诉，告人不成，反被人告，法院判他同性恋罪有应得，入狱苦役两年。

三

从谢里丹[①]的《造谣学校》到王尔德和萧伯纳在十九世纪最后几年才出版的喜剧，散文喜剧在英国的文坛沉寂了不止一个世纪。十九世

① 原译为谢利丹。

纪的英国文坛，无论诗、散文、小说，都有骄人的成就，唯独在戏剧一方面欲振乏力。大诗人如华兹华斯、柯立基、拜伦、雪莱、济慈、丁尼生、勃朗宁[①]、阿诺德[②]、史文朋[③]，或拟希腊古典，或步莎髯后尘，没有一个没写过诗剧。但是说来奇怪，这些“书斋剧”尽管雄词丽句砌成了七宝楼台，但是念起来却感到沉闷，而演起来呢也显得别扭，没有一出能久立于戏码。大概天降文才，除了莎士比亚一流的少数例外，罕见一支妙笔能兼诗才与剧才之长。王尔德就是一个例子。他才思闪电，妙想奔泉，一片锦心无论付予巧腕或是宣之绣口，莫不天衣无缝，令人惊叹。他雄心勃勃，一身而兼诗人、小说家、戏剧家之名，但是依文学史的定评，他的传后杰作在戏剧和小说，至于他的诗，则除《里丁监狱

① 原译为白朗宁。
② 原译为安诺德。
③ 原译为史云朋。

之歌》[1]外，多半追随浪漫派与前拉斐尔派[2]的余风，只能算是二流。他的小说《道林·格雷的画像》设想之奇可比爱伦·坡，不幸只此一部，乃似钱锺书的《围城》，独一无二得可贵又可惜。

余下来的镇舱之宝，就是他的五部戏剧了[3]。这五部作品依次是《莎乐美》《温夫人的扇子》《不要紧的女人》《理想丈夫》《不可儿戏》；其中只有《莎乐美》是悲剧，余皆喜剧。《莎乐美》是用法文写成。后来由作者的那位男友道格拉斯译成英文。在中国，名气最响的一部是《温夫人的扇子》，那是因为早在一九二五年，洪深就把它改译并导演，而且换了一个中国味的剧名：《少奶奶的扇子》。洪深在《中国新文学大系 戏剧集》的导言里，自述《少奶奶

---

① 原译为《列丁监狱之歌》。

② 原译为前拉菲尔派。

③ 译者注：王尔德早期还有两个剧本，《维娜》和《巴杜瓦的伯爵夫人》，都写得很糟，与《不可儿戏》判若两人之作。我这篇文章本可附加几十条注，打扮成“学术论文”。却怕王尔德笑我小题大作，反话正解，就算了。

的扇子》演出后，颇得好评，只有田汉去信指摘。但是仅在四年之前（一九二一年），英国另一现代戏剧大师萧伯纳的社会问题剧《华伦夫人之职业》，由汪仲贤译述并促成上演，却一败涂地，“演未及半，已有几个看客在台下纷扰起来，甚至有些要想退票还钱！”究其原因，是萧剧在中国首演，距五四运动只有两年，一切条件均未成熟，加以萧大胡子笔下的人物个个雄辩滔滔，议论冗长，“区区六个人，在台上平平淡淡说四个钟头的话”。而到了《少奶奶的扇子》，话剧运动已稍开展，各方面的条件都有进步，况且王尔德的作品结构单纯，情节紧凑，正是宋春舫所谓的“善构剧”（the well-made play），宜于雅俗共赏。

王尔德和萧伯纳是重振英国剧场，尤其是散文喜剧的一对功臣。我们觉得萧伯纳比较“现代”，不但因为他的戏剧较重社会批评与思想探索，也因为他的寿命长出王尔德一倍有余，多经历了两次大战。其实王尔德虽然掌了唯美运动的铃兰花旗，他的喜剧里也不是毫无社会讽刺，而比起老萧来，也只大两岁而已。最令人注目的，是两人都为爱尔兰人，且都生在都柏林。其实英国的喜剧作家多为爱尔兰人，尤其是都柏林人，即或不生在该城，往往也在该城读书。十八世纪的康格利夫、法克尔、哥德斯密，和稍晚的谢里丹，莫不如此。如果不限于喜剧，则王尔德以后的剧作家，还包括辛·欧卡西、叶慈、贝凯特。

爱尔兰人以机敏善言见称，英国的讽刺大家史威夫特生在都柏林，不为无因。批评家傅瑞泽（G. S. Fraser）就说："大致说来，爱尔兰人对于辞令之为社交艺术颇具本能，所以言谈活泼，俏皮，流畅，又善于修辞；凡此皆为英国人所不及。"一般说来，英国人比较古板，甚或近于鲁钝（stolid），而尤以维多利亚时代的上流社会为然。李耳（Edward Lear）、卡洛尔

（Lewis Carroll）、吉尔伯特（W. S. Gilbert）等怪才的谐诗，所以出现在十九世纪的后叶，恐怕也是对当时道学气氛的一个反动。然则由一位爱尔兰的才子去伦敦的风雅场中奇装异服，诡辩怪论，惊世骇俗一番，也可说是应运而生。只是不幸这才子得意忘形，得寸进尺，超过了英国社会能接受的分寸，骇俗变成了败俗，连累唯美运动也功败垂成。

不过这位落拓才子的几部喜剧，却承先启后，开辟了现代戏剧的天地。在“讽世喜剧”（comedy of manners）的传统上，他继承了康格利夫和谢里丹，并且启导了毛姆和考尔德（Noel Coward）等无数后人。可惜学他的人都罕能企及他在构思遣词、怪问妙答上那种举重若轻的功力。

四

中文读者里面，不少人知道王尔德是《少奶奶的扇子》的作者，也有人看过他的《道林·格雷的画像》。可是他死后八十多年，论者几乎一致推崇《不可儿戏》为他的代表杰作，或称之为无瑕的喜剧，或誉之为无陷的笑剧（farce）。这部戏的情节和骨架，和十九世纪许多笑剧相近。溯其渊源，则同胞兄弟小时分散到快要结婚时又重逢的故事，早在泰伦斯和普洛特斯的罗马喜剧里已经有了。这种情节，莎士比亚在《错中错》和《第十二夜》里也利用过。至于一位男子为了追求情人而假冒别人，因而闹出笑话，就在英国也举得出法克尔的《好逑计》、哥德斯密的《屈身求爱》和谢里丹的《情敌》等前例。

至于剧情的处理，则是采用所谓“善构剧”的手法，务求结构单纯而多重复，发展紧凑，高潮迭起，危机四伏，误会丛生，而如果人物的变化或情节的演进不够机动，就乞援于再三的巧合，总之要一气呵成，必使观众应接不暇，直到剧终才群疑尽释，百结齐解。这些原是剧场的老套，如果作家技尽于此，就难掩机械化浮滥浅俗的毛病。例如在《不可儿戏》之中，两位俏黠惑人的少女怎么会同时立意一定要嫁给名叫任真的少年；劳小姐怎么会粗心得误置婴孩和手稿；失婴怎么偏会给一位善心的富翁拣到；而最后，失散多年的兄弟怎么偏就会在两不知情之下成为好友；凡此种种，当然都经不起理性的分析。

这种巧合如果让小说的读者边读边想，也许难以过关；但是对于台下集体的观众，只要能够联串情节，带动对话，根本无暇细究，反而觉得误打误撞，绝处逢生，热闹得十分有趣。千百人坐在剧院的阴影里，凝神观照灯光如幻的剧台，最容易如柯立基所说“刹那之间欣然排除难以置信的心理”。剧中少女关多琳说得最好：“我对这件事疑问可多了，不过我有意把它扫开。目前不是卖弄德国怀疑论的时候。”千百人坐在台下，期待的心情互相感染，什么奇迹都愿意相信。在《不可儿戏》首演前夕，王尔德接受洛思的访问。以下是访问记的一段：

问：你认为批评家会懂大作吗？

答：但愿他们不会。

问：这是什么样的戏呢？

答：这出戏琐碎得十分精致，像一个空想的水泡那么娇嫩，也有它自己的一套道理。

问：一套道理？

答：那就是，我们处理生活的一切琐事应该认真，而处理生活的一切正事，应该带着诚恳而仔细的琐碎作风。第一幕很巧，第二幕很美，第三幕呢妙不可耐。

说穿了，这剧本根本没有什么主题或什么哲学，也不存心要反映什么社会现象。为了语妙天下，语惊台下，他不惜扭曲常理，颠倒价值，至少在短短三小时内，把观众从常理和定规的统治下解脱出来，让他们在空中飘游一晚。巧合吗？那原是艺术的特权呀。王尔德原就认定：不是艺术模仿人生，而是人生模仿艺术。剧中人物原就半真半幻，尤其是那些女人，在阳光之下绝不可能那么反话胡说，而又胡说得那么美妙，令人惊喜。才发现每一次惊是虚惊，喜是真喜。观众明知其假，却正在兴头上，宁信其真。

有一次，一贵妇观赏英国风景大师泰纳的作品，提出异议，说他画中的落日她从未见过。泰纳答道：难道我们不愿意落日像那样吗？李贺说过："笔补造化天无功。"王尔德和泰纳，也是这个意思。

五

王尔德的喜剧当然也不纯然无中生有，以幻作真。笔补造化，至少还有个造化在那里，待人去补。一般人惑于唯美之名，乃幻觉王尔德的象牙塔与社会绝缘。其实剧场反映社会——至少是表现人性——最为真切，否则不可能叫几百人坐在台下听几个人在台上说几小时的空话。凡人莫不对自己最感兴趣，也最了解。如果台上表现的人性，诸如自私、虚伪、虚荣等，能与台下人的经验相证相通，自然就能使他心动。

王尔德在剧场里也反映社会，至少反映当日的上流社会。但是他无意写社会问题，更无意做写实主义作家。他天生爱讽刺人世，又特具绣口与妙笔，无论什么冷嘲热讽，都要说得干净利落，天衣无缝，令人不能忘记，也就是说，要做得漂亮，要美。所以他不会成为尖酸刻毒的讽刺家或咬牙切齿的宣传家。他的嘲弄和取笑是多向的，几乎可以说是不分青红皂白，只要有机会讥弹调侃，绝对不甘放过。他的机锋像一只又快又准的保龄球，飞滚过处，九只木瓶无一幸免。剧中人物有男有女，有老有少，有主有仆，有拘谨有轻狂，王尔德乘机随缘，借了他们不同的身份和口吻，不但彼此戏谑，互相捉弄，而且天下之大，从抽象的观念到具体的人物和地区，只要语锋所及，无不轻拢慢捻，抹了又挑，真是一弦未息他弦又响，令读者应接不暇，要是观众呢，就更忙了。

情人和夫妻，亲戚和兄弟，医生和病人，男人和女子，上流社会和下层阶级，聪明人和笨蛋，老小姐和闲牧师，德文课和法国歌，乡下之近和澳洲之远，现代的教育、文学和文化，王尔德全部不肯放过。他并不刻意要攻击哪一阶层、哪一国度，或哪一类人。他只是为戏谑而戏谑，正如为艺术而艺术一样，所以笑罢恩爱夫妻，回转头去笑离婚的人和外遇的人。如果说他一再调侃法国的放浪和古板，则对于英国本身他也不客气。这种反方向换角度的左嘲右弄，当然不能建立起什么哲学体系或政治立场，可是比起单向单元的讽刺来，往往可免于偏见与教条，有时似乎还健康一些。王尔德取笑的对象不一而足；如果一定要指明，那也只是虚伪、矛盾、自私等人性的基本弱点，不是特定的阶级或政党。他取笑这些弱点，往往只在摇舌掀唇之间见机而作，点到即止，从不血肉横飞。

口没遮拦的巴夫人，几乎每次出口都伤人。凡她过处，丈夫、女友、晚辈、将军、女仆、言情小说、法国文化，甚至无辜的陌生人（杰克的房客布夫人），全都遭殃。可是不用担心，她只是童话里的妖怪，并不会真到街头来吃人。而实际上，她虽然口头不饶人，却也并未害人。适得其反，在王尔德的笔下，她自己也原形毕露，让我们看出她欺瞒丈夫、压制女儿，在谈判女儿和外甥的婚事上，显得霸道而又贪婪。她这么自暴其短而不自知，使我们别有会心而笑得开心，也就不觉得她有多可怕。其实谁家的姨妈能把强词夺理随口就说成绝妙好词呢？她对孤儿杰克说：

失去了父亲或母亲，华先生，还可以说是不幸；双亲都失去了就未免太大意了。

这当然是强词夺理，因为双亲都失去，原应加倍感到不幸，岂料虚招实接，沉重的不幸忽然变成了轻飘飘的大意——虚惊一场，观众才发现自己受了骗，怎会不笑？“失去”一语双关，既意“死去”，又意“遗失”，急转直下的蒙太奇手法，把两种意思迭接在一起。使观众发笑的原因颇多，其一便是如上所述，用一句理不直而气反壮的妙语，把惊疑未定的观众一跤绊跌到逻辑的界外。在另一个场合，这位评古论今的巴夫人又说：

> 什么样的辩论我都不喜欢。辩来辩去，总令我觉得很俗气，又往往觉得有道理。

这句话的妙处，也是势如破竹的推理忽然在半途变卦，又把我们捉弄了。这种空中转向的逻辑，完全打破了抛物线的常规，每令我们接一个空，正是读王尔德剧本常有的惊喜。

本剧的人物妙处很多，尤以那两位不可捉摸的少女为然，但在此地不及逐一缕析了。总之《不可儿戏》的世界半真半幻，正是梦与现实的交界地带。剧中人物满口妄论，一意孤行，都不受道德和逻辑的约束，放荡得可笑又可爱。不管男女老少，个个都伶牙俐齿，对答如流，把妙语如球抛来传去，从不失手落地。即连仆人老林，舌锋也有可观之处。其实在这种肥皂彩泡吹成的浪漫剧里，情节只是借口，故事无非引线，真正的灵魂在对话。

六

王尔德驱遣文字的天才有目共睹，但是他驱遣文字的目的，主要在表达意念（idea），而不在感情和感性。所以他笔下最出色的文字，不是诗句，而是对话。《不可儿戏》首演之夜，所有的批评家都笑得很尽兴，独有一人的笑声有点保留。那便是萧伯纳。事后萧在《星期六评论》上这么说："我看了当然也开心，可是除非一出喜剧在令我开心外还令我动心，我就会有一夕虚度之感。我到戏院里去，是等人家把我感得发笑，而不是把我搔得发笑或赶得发笑。"后来他又说此剧"无情"（heartless）。

就浪漫喜剧而言，萧伯纳的评语未免稍苛。我想他和王尔德既是同乡，又是擅写喜剧的同行，不免有些妒忌吧。当然，鼓吹社会主义的萧伯纳写剧本是有感而发，不像王尔德是无心之戏。不过综观王尔德一生的作品，我倒也觉得此语不差，认为王尔德有才无情，至少是才高于情。我看王尔德的作品，总是逸兴遄飞，但看后的心情，是佩服多于感动。王尔德之长，在趣而不在情。唯其有才，所以有趣。这种善发理趣、意趣、奇趣的高才，用在喜剧的对话上，当然令人拍案叫绝。

王尔德的对话往往一语道破，成为警句。令人佩服的，正是这种以简驭繁的功力，化腐为奇的智力，片言断案的魄力。至于我们是否同意，是否感动，却另当别论。一般人说话，不是累赘，便是迟疑。唯天才有自信，始敢单纯而武断，却又言之有物，味之隽永。“每个人犯了错，都美其名为经验。”这句话当然失之单纯而又武断，不过无可否认，确也抓住了许多人自我解嘲的心理。世界上的事情往往不可一概而论，但是如果每一句话都要照顾到例外，话就说不痛快，也说不漂亮，警句也就无从产生。警句是智能的结晶，语言的浓缩；它把次要的成分都剔开了，所以不是百分比的统计数字，而是真理的惊鸿一瞥，昙花一现。

没有警句不富于创意，但有不少是利用成语老套推陈出新，做翻案文章。例如下面这句："一个人在选敌人的时候，千万要小心。"妙处全在俗语所谓"择友宜慎"的心理背景。但是上一句的意思完全不同，其哲学可能是：在得罪人之前，应先估量你是否得罪得起；也可能是：如果在几个人之中你不得不跟一个作对，就要挑一个好对付的。其实呢，择友是主动的，树敌却往往出于无心或无奈。世界上有谁是兴致勃勃去选敌人的呢？可是有了成语撑腰，新句里这荒谬的"选"字也就显得理直气壮了。

这种翻案句在《不可儿戏》里也曾数见。

例如第一幕里，亚吉能嘲笑恩爱夫妻的肉麻表现，对杰克说："这花夫人哪，老爱隔着餐桌跟自己的丈夫打情骂俏。这实在不很愉快。说真的，甚至于不大雅观……简直是当众自表清白。"这句末的"当众自表清白"，原文 washing one's clean linen in public（当众洗自己的干净衣物）便是利用成语 washing one's dirty linen in public（当众洗自己的脏衣物——即中文家丑外扬之意）。这种情形译者最感两难：意译吧，会失去翻案句的反弹力；直译吧，中国读者又没有心理背景。

警句妙则妙矣，但有时其中的态度模棱两可，耐人寻味。杰克怪亚吉能不该偷看他烟盒里的题词。亚吉能借题发挥说："什么该看，什么不该看，都要一板一眼地规定，简直荒谬。现代文化呀，有一半以上要靠不该看的东西呢。"后面这意外的结论正是这种警句，它可以解为：现代文化的产品，像小说和绘画吧，大半都遭官方查禁。这是捧现代文化。也可以解为：现代文化的成果大半不值得一看。则是贬了。

还有一种警句，说到半途忽然变卦，逻辑的顺势竟然逆转，令我们一惊，但到了句末，显然的矛盾又变成隐然的真理，令我们一喜。这便是修辞学上最迷人的反正句（paradox），亦称矛盾语法。反正句富有对比的张力，前半段引起的期待，到后半段落了空。丧失平衡的读者踏空了一步，势必回头把前面的期待检查一下，乃有了新的发现。维多利亚时代的批评家纽曼（Ernest Newman）说得最妙："反正句是猛一转弯才见到的真理。"

王尔德曾这么论过萧伯纳："他在世上绝无敌人，也绝无朋友喜欢他。"这妙语的前半虚发一招，不过是障眼法；读者受推理的引导，以为他在世上一个敌人也没有，人缘必然大好。到了后半，图穷匕首见，才惊觉他的所谓朋友也并非良友，于是回头再看前半，那意思也变了。“在世上绝无敌人”不见得等于举世皆友啊，哈哈；于是萧伯纳可笑极矣。萧伯纳的真相，是要转一个弯才看见的。

在第一幕里，巴夫人提起哈夫人时说：“自从她死了可怜的丈夫，我一直还没有去过她家呢。从没见过一个女人变得这么厉害；看起来她足足年轻了二十岁。”哈夫人新寡之变，从常理期待的变老到结句的变年轻，是反正句的逆转。我们一惊一喜之余，欣然会心于怨偶之丧的解脱感。第二幕里，亚吉能要看西西丽的日记。你猜得到她的反应吗？她说：“哦不可以。（手按日记。）你知道，里面记录的不过是一个很年轻的女孩子私下的感想和印象，所以呢，是准备出版的。等到印成书的时候，希望你也邮购一本。”这也是匪夷所思。通俗作品的老套在“所以呢”之后，一定会说“是不准备出版的”。

王尔德不但下笔成趣，而且出口成章，语惊四座。“一个人能够称雄于伦敦的宴席，就能够称雄于天下。”他曾经发过这样的豪语。王尔德生当大英帝国的盛世，此语不免有沙文主义的气味，但也看得出他对自己的绣口无碍，如何得意了。小他九岁的叶慈在《颤动的面纱》里，就忆述他初见这位同乡才子时，是怎样惊奇：我以前从未听谁与人交谈是讲完完整整的句子，好像是前一晚就用心写好，却又句句自然……我还发觉，凡听王尔德说话的人，都留下了做作的印象：这印象来自他圆满无陷的句法，和造句时的那种刻意求工。他善用这种印象，正如诗人善用韵律，而十七世纪的作家善用对比的文体（本身也是一种真实的韵律）；因为他能从迅不可测的灵机一闪，顺理成章地转向精密的潜思。几夜之后我又听他说道：“给我‘冬日的故事’吧，‘水仙开了，燕子还不敢飞来’，可是莫给我‘李尔王’。‘李尔王’有什么呢，无非是倒霉的人生在雾里挣扎。”那从容不迫起伏细腻的旋律，我听来自然入耳。

可见这位唯美大师平常开口就惯于咳金唾玉的了，笔下当然更加讲究。叶慈提到十七世纪的对比文体（antithetical prose）倒是一语中的。王尔德的文体确有此种遗风，但不必尽为十七世纪的余泽，因为早在希腊罗马的修辞家笔下已有这种作风，即在英国，十六世纪末年李黎的《优浮绮思：析巧篇》（*Euphues : The Anatomy of Wit*）也已大张对比文体的旗鼓了。

这种优浮猗盛（Euphuism）讲究句法的平衡对称，佐以纷至沓来的双声、双关语，更炫耀典故和草木虫鱼之学；其富丽繁琐颇近中国的骈文，但不如中文的方块字和文法那样周转灵活，对仗天然。这种对仗性在《不可儿戏》的对话里极为常见，不过王尔德冰雪聪明，一扫前人滞碍轮囷之病，快笔敏舌，虽也有意对照，却清爽无阻。下面是几个例子：

例一：亚吉能对杰克说："你创造了一个妙用无穷的弟弟名叫任真，便于随时进城来。我呢创造了一个无价之宝的长期病人名叫梁勉仁，便于随时下乡去。"

例二：巴夫人对亚吉能说："大家总似乎认为法国歌不正经，一听到唱法国歌，不是大惊，便是大笑：大惊，未免俗气，大笑，那就更糟。"

例三：亚吉能对巴夫人说："音乐节目当然是一大难题。您看，如果音乐弹得好，大家就只顾谈话，弹坏了呢，大家就鸦雀无声。"

例四：亚吉能对杰克说："五亲六戚都是一班讨厌的人，完全不明白如何生得其道，也根本不领悟如何死得其时。"

由于中英文有别，我的译文有些地方不及原文工整，有些地方却胜过原文。尽管如此，从译文里也看得出，这些句子并非全部对仗，而对仗的部分也不像中国骈文那么铢两悉称，圆融尽美。以王尔德之才，如果生在中国，一定能和鲍照、庾信并驾齐驱，成为骈俪高手。

王尔德对话的对仗性当然不止这么简单。他的对仗词句往往隔段甚至隔幕遥相呼应，所以到处都有回声，令人感到耳熟。例如第一幕里关多琳跟杰克订婚后，赞美杰克的蓝眼；第二幕里西西丽和亚吉能定情后，也赞美亚吉能的卷发。又例如第二幕里，两心暗许的牧师和家庭教师的语锋，便隔了好远针锋相对。下面我把两人的前言后语并列在一起，其实在原文里中间有四页的距离。

蔡牧师：要是我有幸做了劳小姐的学生，我一定会死盯着她的嘴唇。（劳小姐怒视着他。）我只是打个比喻：我的比喻来自蜜蜂。

劳小姐：成熟的女人总是靠得住的。熟透了，自

> 然没问题。年轻女人呀根本是生的。（蔡牧师吃了一惊。）我这是园艺学的观点。我的比喻来自水果。

用蜜蜂和水果为喻，正是优浮猗盛好借“勉强的博物学”（unnatural natural history）作比的遗风，只是王尔德的用意在取笑罢了。《不可儿戏》里面，无论词句、观念、人物、情势、地区，都有对比的巧妙安排，而且对比与对比之间还交错勾结。说本剧是所谓善构剧的佳例，这当然也是一大原因。细析起来，可以单独成一长文，此处不过点到为止。例如杰克住在乡下，为了逃避两个女人，乃佯称有个浪子弟弟在城里，需要常去城里照顾；亚吉能住在城里，为了逃避两个女人，也伪托有个病人朋友在乡下，需要常去乡下陪守。这种种倒影回声交织成天罗地网的对比，而就在这骨架上，情节推移，事件发展，一波波未平又起，激起奇问妙答的浪花。这真是巧思警句的盛宴。难怪八十八年前首演之夜幕落之际，全场观众起立，再三欢呼。事后演亚吉能的艾因华斯，对《王尔德传》作者皮尔森说，当晚的盛况，是他五十三年台上经历所仅见。

我从来不认为王尔德是伟大的作家，也不认为《不可儿戏》是伟大的作品，可是这么一部才高艺圆的精心杰作，只怕有些伟大的作家也未必就写得出来。后面这半句话，至少王尔德会同意。

一九八三年愚人节于沙田

目录

本剧人物

约翰·华兴，太平绅士（即剧中之任真，又名杰克，因为约翰的小名是杰克。剧中全名为华任真。）

亚吉能·孟克烈夫

蔡书伯牧师，神学博士（即蔡牧师）

梅里曼，管家（即老梅）

老林（男仆）

巴拉克诺夫人（即巴夫人或欧姨妈）

关多琳·费尔法克斯小姐（即费小姐）

西西丽·贾尔杜小姐（即贾小姐）

普礼慎小姐，家庭教师（即劳小姐）

本剧布景

第一幕：伦敦西区半月街亚吉能的寓所。

第二幕：武登乡大庄宅的花园。

第三幕：武登乡大庄宅的客厅。

时　间：当代。

第一幕

THE FIRST ACT

布　景：半月街亚吉能寓所的起居室，布置豪华而高雅。邻室传来钢琴声。

（老林正把下午茶点端上桌来。钢琴声止，亚吉能上。）

亚吉能：老林，你刚才听见我弹琴没有？

老　林：先生，偷听人家弹琴，只怕没礼貌吧。

亚吉能：真为你感到可惜。我弹琴并不准确——要弹得准确，谁都会——可是我弹得表情十足。就弹琴而言，我的长处在感情。至于技巧嘛，我用来对付生活。

老　林：对呀，先生。

亚吉能：对了，说到生活的技巧，巴夫人要的黄瓜三明治你为她切好了没有？

老　林：好了，先生。（递上一盘黄瓜三明治。）

亚吉能：（检查一下，取了两块，坐在沙发上。）

哦！对了，老林，我看见你的簿子上登记，上礼拜四晚上，萧大人跟华先生来我们这儿吃饭，一共喝了八瓶香槟。

老　林：是的，先生。一共八瓶，外加一品脱。

亚吉能：为什么在单身汉的寓所，佣人所喝的总是香槟呢？我只是要了解一下。

老　林：这嘛，先生，是由于香槟的品质高贵。我常发现，有太太当家，就难得喝到名牌香槟。

亚吉能：天哪，婚姻就这么令人丧气吗？

老　林：我相信婚姻是挺愉快的，先生。不过一直到现在我自己这方面的经验太少。我只结过一次婚。那是我跟一位少女发生误会的结果。

亚吉能：（乏味地。）老林，我不认为我对你的家庭生活有多大兴趣。

老　林：当然了，先生。这本来就不是什么有趣的话题。我自己从不摆在心上。

亚吉能：这很自然，我相信。行了，老林，没事了。

老　林：是，先生。

（老林下。）

亚吉能：老林对婚姻的态度似乎有点随便。说真的，如果下层阶级不为我们树个好榜样，他们到底有什么用呢？他们这阶级在道德上似乎毫无责任感。

（老林上。）

老　林：华任真先生来访。

（杰克上。）

（老林下。）

亚吉能：哎哟，我的好任真。什么事进城来了？

杰　克：哦，寻欢作乐呀！一个人出门，还为了别的吗？我看你哪，阿吉，好吃如故！

亚吉能：（冷峻地。）五点钟吃一点儿点心，相信是上流社会的规矩。上礼拜四到现在，你都去哪儿了？

杰　克：（坐在沙发上。）下乡去了。

亚吉能：下乡去究竟做什么？

杰　克：（脱下手套。）一个人进城，是自己寻开心。下乡嘛，是让别人寻开心。真闷死人了。

亚吉能：你让谁寻开心了呢？

杰　克：（轻描淡写地。）哦，左邻右舍嘛。

亚吉能：希洛普县你那一带有好邻居吗？

杰　克：全糟透了！从来不理他们。

亚吉能：那你一定让他们开心死了！（趋前取三明治。）对了，你那一县是希洛普吗？

杰　克：嗯？希洛普县？当然是啊。嘿！这么多茶杯干什么？黄瓜三明治干什么？年纪轻轻的，为什么就这么挥霍无度？谁来喝茶？

亚吉能：唉！只是欧姨妈跟关多琳。

杰　克：太妙了！

亚吉能：哼，好是很好，只怕欧姨妈不太赞成你来这里。

杰　克：请问何故？

亚吉能：好小子，你跟关多琳调戏的样子，简直不堪。几乎像关多琳跟你调情一样地糟。

杰　克：我爱上了关多琳呀。我这是特意进城来向她求婚。

亚吉能：我还以为你是进城来寻欢作乐呢！我把求婚叫做正经事。

杰　克：你这人真是太不浪漫了！

亚吉能：我实在看不出求婚有什么浪漫。谈情说爱固然很浪漫，可是一五一十地求婚一点儿也不浪漫。哪，求婚可能得手。我相信，通常会得手的。一得手，兴头全过了。浪漫的基本精神全在捉摸不定。万一我结了婚，我一定要忘记自己是结了婚。

杰　克：我相信你是这种人，好阿吉。有人的记性特别不好，离婚法庭就是专为这种人开设的。

亚吉能：唉，不必为这个问题操心了。离婚也算是天作之分——（杰克伸手拿三明治。亚吉能立刻阻止。）请你别碰黄瓜三明治。人家是特为欧姨妈预备的。（自己取食一块。）

杰　克：哼，你自己可是吃个不停。

亚吉能：那又另当别论。她是我的姨妈。（抽开盘子。）吃点牛油面包吧。牛油面包是给关多琳吃的，关多琳最爱吃牛油面包。

杰　克：（走到桌前取食。）这牛油面包还真好吃呢。

亚吉能：喂，好小子，也不必吃得像要一扫而光的样子啊。你这副吃相，倒像已经娶了她似的。你还没娶她呢，何况，我认为你根本娶不成。

杰　克：你凭什么这么说？

亚吉能：哪，首先，女孩子跟谁调情，就绝对不会嫁给谁。女孩子觉得那样不好。

杰　克：呸！胡说八道！

亚吉能：才不是呢。我说的是大道理。这正好说明，为什么到处看见那许许多多的单身汉。其次啊，我不允许她嫁你。

杰　克：你不允许？

亚吉能：好小子，关多琳是我的嫡亲表妹。何况，要我让你娶她，你先得把西西丽的大问题澄清一下。（拉铃。）

杰　克：西西丽！你到底是什么意思？阿吉，你说西西丽，是什么意思！我可不认识谁叫西西丽。

（老林上。）

亚吉能：华先生上次来吃饭掉在吸烟室的那只烟盒子，你把它拿来。

老　林：是，先生。

（老林下。）

杰　克：你是说，我的烟盒子一直在你手里？天哪，怎么早不告诉我？急得我一直写信给苏格兰场[①]，几乎要悬重赏呢。

亚吉能：哟，你要真悬了赏就好了。我正巧特别闹穷。

杰　克：东西既然找到了，重赏有什么用呢。

（老林端盘子盛烟盒上。亚吉能随手取过烟盒。老林下。）

亚吉能：坦白说吧，我觉得你这样未免小气了一点，任真。（开盒检视。）不过，没关系，我看了里面的题字，发现这东西根本不是你的。

杰　克：当然是我的呀。（走向亚吉能。）你见我用这烟盒多少回了，何况，你根本没资格看里面题些什么。偷看私人的烟

① 原译为苏格兰警场。

盒，太不像君子了。

亚吉能：什么该看，什么不该看，都要一板一眼地规定，简直荒谬。现代文化呀，有一半以上要靠不该看的东西呢。

杰　克：这个嘛，我很明白，我可无意讨论什么现代文化。这种话题本来也不该私下来交谈。我只要把烟盒收回来。

亚吉能：好吧；可是这不是你的烟盒。这烟盒是个名叫西西丽的人送的，而你刚才说，你不认识谁叫西西丽。

杰　克：唉，就告诉你吧，西西丽碰巧是我阿姨。

亚吉能：你的阿姨！

杰　克：是啊。这老太太还挺动人的呢。她住在通桥井。干脆把烟盒还我吧，阿吉。

亚吉能：（退到沙发背后。）可是，如果她真是你的阿姨又住在通桥井的话，为什么她要自称是小西西丽呢？（读烟盒内题词。）“至爱的小西西丽敬赠。”

至爱的小西西丽
敬赠

杰　克：（走到沙发前，跪在上面。）好小子，这又有什么大不了嘛？有人的阿姨长得高大，有人的阿姨不高大。这种事情当然做阿姨的可以自己做主。你好像认为每个人的阿姨都得跟你的阿姨一模一样！简直荒谬！做做好事把烟盒还我吧。（绕室追逐亚吉能。）

亚吉能：好吧。可是为什么你的阿姨叫你做叔叔呢？“至爱的小西西丽敬赠给好叔叔杰克。”我承认，做阿姨的长得娇小，也无可厚非，可是做阿姨的，不管身材大小，居然叫自己的外甥做叔叔，我就不太明白了。何况，你根本不叫杰克呀；你叫任真。

杰　克：我的名字不是任真，是杰克。

亚吉能：你一向跟我说，你叫任真。我也把你当任真介绍给大家。人家叫任真，你也答应。看你的样子，就好像名叫任真。我一生见过的人里面，你的样子是最认真的了。倒说你的名字不叫任真，简直荒谬透了。你的名片都这么印的。这里就有一张。（从烟盒里抽出名片。）“华任真先生，学士。奥巴尼公寓四号。”我要留这张名片证明你叫做任真，免得有一天你向我，或是关多琳，或是任何人抵赖。（把名片放在袋里。）

杰　克：哪，我的名字进城就叫任真，下乡就叫杰克；烟盒呢，是人家在乡下送我的。

亚吉能：好吧，可是还说不通，为什么你那位住在通桥井的小阿姨西西丽要叫你做好叔叔。好了，老兄，你不如赶快吐出来吧。

杰　克：好阿吉，你的语气活像拔牙的医生。不是牙医而要学牙医的语气，未免太俗气了。这会造成一种假象。

亚吉能：对呀，这正是牙医常干的事情。好了，说下去吧！一切从实招来。我不妨提一下，我一直疑心你是一位不折不扣、偷偷摸摸的“两面人”；现在我完全确定了。

杰　克：“两面人”？你这“两面人”究竟是什么意思？

亚吉能：只要你好好告诉我，为什么你进城叫任真，下乡叫杰克，我就把这绝妙的字眼解释给你听。

杰　克：好吧，可是烟盒先给我。

亚吉能：拿去吧。（递过烟盒。）现在该你解释了；但愿你解释不通。（坐在沙发上。）

杰　克：好小子，我的事情没什么解释不通的。说穿了，再普通不过。有一位贾汤姆先生，在我小时候就领养了我，后来呢在他遗嘱里指定我做他孙女西西丽的监护人。西西丽叫我做叔叔，是为了尊敬，这你是再也领会不了的了；她住在乡下的别墅，有一位了不起的女老师劳小姐负责管教。

亚吉能：对了，那地方在哪里的乡下？

杰　克：好小子，这不关你的事。我不会请你去的，我不妨坦白告诉你，那地方并不在希洛普县。

亚吉能：不出我所料，好小子！我曾经先后两次在希洛普县各地干两面人的把戏。好吧，讲下去。为什么你进城就叫任真，下乡就叫杰克呢？

杰　克：阿吉，我不知道你能不能了解我真正的动机。你这人没个正经。一个人身为监护人，无论谈什么都得采取十足道学的口吻。这是监护人的责任。道学气十足的口吻实在不大能促进一个人的健康或者幸福，所以为了要进城来，我一直假装有个弟弟，名叫任真，住在奥巴尼公寓，时常会惹大祸。诸如此类，阿吉，就是全部的真相，又干脆又简单。

亚吉能：真相难得干脆，绝不简单。真相要是干脆或者简单，现代生活就太无聊了，也绝对不会有现代文学！

杰　克：那也绝非坏事。

亚吉能：文学批评非阁下所长，老兄。别碰文学批评吧。这件事，你应该留给没进过大学的人去搞。人家在报上搞得是有声有色。你的本分[①]是做两面人。我说你是两面人，一点儿也没错。在我认识的两面人里面，你应该算是老前辈了。

杰　克：你到底是什么意思？

亚吉能：你创造了一个妙用无穷的弟弟名叫任真，便于随时进城来。我呢创造了一个无价之宝的长期病人名叫梁勉仁，便于随时下乡去。“梁勉仁”太名贵了。举

① 原译为本份。

个例吧，要不是因为“梁勉仁”的身体坏得出奇，今晚我就不能陪你去威利饭店吃饭了，因为一个多礼拜以前我其实已经答应了欧姨妈。

杰　克：今晚我并没有请你去哪儿吃饭呀。

亚吉能：我知道。你这人真荒唐，总是忘了送请帖。你真糊涂。收不到请帖，最令人冒火了。

杰　克：你还是陪你的欧姨妈吃晚饭好了。

亚吉能：我根本不想去。首先，上礼拜一我已经去吃过一次饭了，陪自己的亲戚每礼拜吃一顿饭，也够了。其次，我每回去姨妈家吃饭，她总当我做自家人，排我的座位，不是旁边一个女人也没有，就是一口气有两个。第三呢，我明明知道今晚她会把我排在谁的旁边。她会把我排在花夫人的旁边；这花夫人哪，老爱隔着餐桌跟自己的丈夫打情骂俏。这实在不很愉快。说真的，甚至于不大雅观，这种情形正在变本加厉。在伦敦，跟自己丈夫打情骂俏的女人，数量之多，简直不像话。太难看了。简直是当众自表清白。话说回来，既然我知道你是个不折不扣的两面人了，我自然要跟你讲讲两面人的事情。我要教你一套帮规。

杰　克：我根本不是什么两面人。要是关多琳答应嫁我，我就会把我弟弟解决掉；说真的，我看不管怎样都要解决他了。西西丽对他的兴趣也太高了一点，真讨厌。所以我准备把任真摆脱。我还要郑重奉劝你同样要摆脱那位，什么先生，你那位名字怪怪的病人朋友。

亚吉能：谁也别想劝我跟梁勉仁分手。老兄会不会结婚，我看是大有问题；可是万一你结了婚，你一定很乐于结交梁勉仁。一个男人结了婚而不认得梁勉仁，日子就太单调了。

杰　克：胡说八道。要是我娶了关多琳这么迷人的女孩，而在我一生所见的女孩子里我要娶的就她一个，我才不要去结交什么梁勉仁呢。

亚吉能：那，就轮到尊夫人去了。阁下似乎不明白：婚后的日子，三个人才热闹，两个人太单调。

杰　克：（大发议论。）小伙子，这道理腐败的法国戏剧已经宣扬了五十年了。

亚吉能：对；可是幸福的英国家庭只花二十五年就体验出来了。

杰　克：看在老天的份上，不要玩世不恭了。玩世不恭太容易了。

亚吉能：老兄，这年头做什么都不容易，到处都是无情的竞争。（传来电铃的声音。）啊！这一定是欧姨妈。只有亲戚或者债主上门，才会把电铃揿得这么惊天动地。喂，假如我把她调虎离山十分钟，让你乘机向关多琳求婚，我今晚可以跟你去威利饭店吃饭了吧？

杰　克：可以吧，你一定要的话。

亚吉能：当然要，可是你说了要算数。我最恨人家把吃饭不当回事；这种人最肤浅了。

（老林上。）

老　林：巴夫人跟费小姐来访。

（亚吉能趋前迎接。巴夫人与关多琳上。）

巴夫人：阿吉，你好，近来你还规矩吧？

亚吉能：近来我很得意，欧姨妈。

巴夫人：这可不太一样。老实说，做人规不规矩跟得不得意，难得并行不悖。（忽见杰克，冷冰冰地向他颔首。）

亚吉能：哎呀，你真漂亮！（对关多琳说。）

关多琳：我向来都漂亮呀！华先生，对吗？

杰　克：你真是十全十美，费小姐。

关多琳：哦！但愿不是如此。真是如此，就没发展的余地了，而我有意向各方面发展。

（关多琳和杰克并坐在一角。）

巴夫人：真抱歉我们来晚了一点，阿吉，可是我不能不去探望哈夫人。自从她死了可怜的丈夫，我一直还没有去过她家呢。从没见过一个女人变得这么厉害；看起来她足足年轻了二十岁。现在我要喝杯茶，还有你答应了我的那种好吃的黄瓜三明治，也来一块。

亚吉能：没问题，欧姨妈。（走向茶点桌子。）

巴夫人：坐过来吧，关多琳。

关多琳：不要了，妈，我在这儿很舒服。

亚吉能：（端起空盘，大吃一惊。）天哪！老林！怎么没有黄瓜三明治呢？我特地叫你准备的呀。

老　林：（正色地说。）先生，今早菜场上没有黄瓜。我去过两趟了。

亚吉能：没有黄瓜！

老　林：没有呀，先生。现钱也买不到。

亚吉能：算了，老林，你去吧。

老　林：是，先生。

（老林下。）

亚吉能：欧姨妈，拿现钱都买不到黄瓜，真是十分遗憾。

巴夫人：根本无所谓，亚吉能。我在哈夫人家里刚吃过几块烘饼；我看，这哈夫人现在是全心全意在过好日子了。

亚吉能：听说她的头发因为伤心变色像黄金。

巴夫人：她的头发无疑是变了色。是什么原因，当然我说不上来。（亚吉能上前敬茶。）谢谢你。今晚我会好好招待你，亚吉能。我会安排你坐在花夫人的旁边。这女人真好，对她丈夫真周到。看他们在一起真教人高兴。

亚吉能：欧姨妈，只怕我今晚还是没有福气陪您吃饭呢。

巴夫人：（皱眉。）不会吧，亚吉能。你不来，整桌的座位就全乱了。你的姨夫呢也得上楼去吃了。幸好他也惯了。

亚吉能：有件事真讨厌，不用说，也真是扫兴，就是刚收到一封电报，说我那可怜的朋友梁勉仁病情又重起来了。他们好像认为我应该去陪陪他。（和杰克交换眼色。）

巴夫人：真是奇怪。这位梁勉仁先生的身体似乎坏得离奇。

亚吉能：是呀；可怜这梁勉仁，真是个难缠的病人。

巴夫人：嗯，我说阿吉呀，这位梁勉仁先生到底要死要活，到现在也真该下个决心了呀。这问题，还这么三心两意的，简直是胡闹。而且我也绝不赞成新派人士一味地同情病人。这态度，我认为也是病态。无论是什么病，都不应该鼓励别人生下去。健康，是做人的基本责任。这道理，我一直讲给你可怜的姨夫听，可是，从他病情的进展看来，他似乎从来听不进去。要是你能替我求梁勉仁先生做做好事，别尽挑礼拜六来发病，我就感激不尽了，因为我还指望你为我安排音乐节目呢。这是我最后的一次酒会，总要有点什么以助谈兴，尤其是社交季节已到了尾声，大家要讲的话几乎也讲光了；其实嘛许多来宾也没有多少话好讲。

亚吉能：欧姨妈，我可以去跟梁勉仁讲一下，要是他还清醒的话；我想，我可以向您保证他礼拜六就会好转的。音乐节目当然是一大难题。您看，如果音乐弹得好，大家就只顾谈话，弹坏了呢，大家就鸦雀无声。不过我可以把拟好的节目单检查一遍，麻烦您到隔壁来一下。

巴夫人：谢谢你，阿吉，你真周到。（起身跟随亚吉能。）我相信，你的节目只要删去几条，就很讨人欢喜了。法国歌我绝对不通融。大家总似乎认为法国歌不正经，一听到唱法国歌，不是大惊，便是大笑：大惊，未免俗气，大笑，那就更糟。可是德文听起来就正正派派；说真的，我也认为德文是正派的语言。关多琳，跟我来吧。

关多琳：好啊，妈妈。

（巴夫人和亚吉能同入音乐室，关多琳仍留下。）

杰　克：费小姐，今天天气真好啊。

关多琳：华先生，求求你别跟我谈天气。每逢有人跟我谈天气，我都可以断定，他们是别有用心。于是我就好紧张。

杰　克：我是别有用心。

关多琳：果然我料中了。说真的，我向来料事如神。

杰　克：巴夫人离开片刻，请容我利用这时机。

关多琳：我正要劝你如此。我妈妈老爱突然闯回人家房里来，逼得我时常讲她。

杰　克：（紧张地。）费小姐，自从我见你以后，我对你的爱慕，超过了，自从我见你以后，见过的一切女孩子。

关多琳：是呀，这一点我很清楚。我还时常希望，至少当着众人的面，你会表示得更加露骨。你对我，一直有一股不能抵抗的魅力。甚至早在遇见你之前，我对你也绝非无动于衷。（杰克愕然望着她。）华先生，我希望你也知道，我们是生活在一个理想的时代。这件事，高级的月刊上经常提起，据说已经传到外省的讲坛上了；而我的理想呢，一直是要去爱一个名叫任真的人。任真这名字，绝对叫人放心。亚吉能一跟我提起他有个朋友叫任真，我就知道我命里注定要爱你了。

杰　克：你真的爱我吗，关多琳？

关多琳：爱得发狂！

杰　克：达令！你不知道这句话令我多开心。

关多琳：我的好任真！

杰　克：万一我的名字不叫任真，你不会当真就不爱我了吧？

关多琳：可是你的名字是任真呀。

杰　克：是呀，我知道。可是万一不是任真呢？难道你因此就不能再爱我了吗？

关多琳：（圆滑地。）啊！这显然是一个玄学的问题，而且像大半的玄学问题一样，和我们所了解的现实生活的真相，根本不相干。

杰　克：达令，我个人，老实说，并不怎么喜欢任真这名字，我觉得这名字根本不配我。

关多琳：这名字对你是天造地设，神妙无比，本身有一种韵味，动人心弦。

杰　克：哪，关多琳，坦白地说，我觉得还有不少更好的名字。例如杰克吧，我就认为是很动人的名字。

关多琳：杰克？不行，这名字就算有一点韵味，也有限得很。说真的，杰克这名字没有刺激，一点儿也不动人心弦，我认识好几个人叫杰克，毫无例外，都特别地平庸。何况，杰克只是约翰的家常小名，实在很不体面。无论什么女人嫁了叫约翰的男人，我都可怜她。这种女人只怕一辈子都没有福气享受片刻的清静。只有任真这名字才真的保险。

杰　克：关多琳，我必须立刻受洗——我是说，我们必须立刻结婚。不能再耽误了。

关多琳：结婚，华先生？

杰　克：（愕然。）是啊，当然了。你知道我爱你，费小姐，你也使我相信，你对我并非完全无情。

关多琳：我崇拜你。可是你还没有向我求婚呢。根本还没有谈到婚嫁呢。这话题碰都没碰过。

杰　克：那么，现在我可以向你求婚了吗？

关多琳：我认为现在正是良机。而且免得你会失望，我想天公地道应该事先坦坦白白地告诉你，我是下定了决心要——嫁你。

杰　克：关多琳！

关多琳：是呀，华先生，你又怎么说呢？

杰　克：你知道我会怎么说。

关多琳：对，可是你没说。

杰　克：关多琳，你愿意嫁给我吗？（跪下。）

关多琳：我当然愿意，达令。看你，折腾了这么久！只怕你求婚的经验很有限。

杰　克：我的宝贝，世界之大，除你之外我没有

爱过别人。

关多琳：对呀，可是男人求婚，往往是为了练习。我知道我哥哥觉罗就是这样，我所有的女朋友都这么告诉我的。你的眼睛蓝得好奇妙啊，任真！真是好蓝，好蓝啊。希望你永远像这样望着我，尤其是当着别人的面。

（巴夫人上。）

巴夫人：华先生！站起来，别这么不上不下的怪样子。太不成礼统了。

关多琳：妈！（他要站起来，被她阻止。）求求您回避一下，这儿没您的事。况且，华先生还没做完呢。

巴夫人：什么东西没做完，请问？

关多琳：我正跟华先生订了婚。妈。（两人一同站起。）

巴夫人：对不起，你跟谁都没有订婚。你真跟谁订了婚，告诉你这件事的是我，或者是你爸爸，如果他身体撑得住的话。订婚对一个少女，应该是突如其来，至于是惊喜还是惊骇，就得看情形而定。这种事，由不得女孩子自己做主，华先生，现在我有几个问题要问你。我盘问他的时候，关多琳，你下楼去马车上等我。

关多琳：（怨恨地。）妈！

巴夫人：马车上去，关多琳！（关多琳走到门口，跟杰克在巴夫人背后互抛飞吻。巴夫人茫然四顾，似乎不明白声自何来。终于她转过身去。）关多琳，马车上去！

关多琳：好啦，妈。（临去回顾杰克。）

巴夫人：（坐下。）你坐下来吧，华先生。

（探袋寻找小簿子和铅笔。）

杰　克：谢谢您，巴夫人，我情愿站着。

巴夫人：（手握铅笔和小簿子。）我觉得应该告诉你，你并不在我那张合格青年的名单

上：我的那张跟包顿公爵夫人手头的一模一样。老实说，这名单是我们共同拟定的。不过嘛，我很愿意把你的名字加上去，只要你回答我的话能满足一个真正爱女心切的母亲。你抽烟吗？

杰　克：呃，抽的，不瞒您说。

巴夫人：听到你抽烟，我很高兴。男人应该经常有点事做。目前在伦敦，闲着的男人太多了。你几岁啦？

杰　克：二十九。

巴夫人：正是结婚的大好年龄。我一向认为，有意结婚的男人，要么[①]应该无所不知，要么应该一无所知。你是哪一类呀？

杰　克：（犹豫了一下。）巴夫人，我一无所知。

巴夫人：这我很高兴。我最不赞成把天生懵懂的人拿来改造。懵懂无知就像娇嫩的奇

---

① 原译为要嘛。

瓜异果一样，只要一碰，就失去光彩[①]了。现代教育的整套理论根本就不健全。无论如何，幸好在英国，教育并未产生什么效果。否则，上流社会就会有严重的危机，说不定格罗夫纳广场还会引起暴动呢。你的收入有多少？

杰　克：七八千镑一年。

巴夫人：（记在簿上。）是地产还是投资？

杰　克：大半是投资。

巴夫人：很好。一个人生前要缴地产税，死后又要缴遗产税，有块地呀早就是既不能生利又不能享福啰。有了地产就有地位，却又撑不起这地位。除此之外，也没有什么好说的了。

杰　克：我在乡下还有座别墅，当然还连着一块地，大约一千五百亩吧，我想；可是我

---

① 原译为光采。

真正的收入并不靠这个。其实嘛，照我看呀，只有非法闯进来的猎人才有利可图呢。

巴夫人：一座别墅！有多少卧房呀？呃，这一点以后再清算吧。想必你城里也有房子啰？总不能指望像关多琳这样单纯的乖女孩住到乡下去吧。

杰　克：嗯，我在贝尔格瑞夫广场是有栋房子，不过是论年租给了布夫人。当然，我随时都可以收回来，只要六个月前通知她就行了。

巴夫人：布夫人？我可不认得她。

杰　克：哦，她很少出来走动。这位夫人年纪已经很大了。

巴夫人：哼，这年头呀年高也不一定就德劭。是贝尔格瑞夫广场几号呢？

杰　克：一百四十九号。

巴夫人：（摇摇头。）那一头没有派头。我就料到有问题。不过，这一点很容易修正。

杰　克：你是指派头呢，还是地段？

巴夫人：（严厉地。）必要的话，我想，两样都有份。你的政治立场呢？

杰　克：这个，只怕我根本没什么立场。我属于自由联合党。

巴夫人：哦，那就算是保守党。这班人来我们家吃饭的，至少饭后来我们家做客。现在来谈谈细节吧。你的双亲都健在吧？

杰　克：我已经失去了双亲。

巴夫人：失去了父亲或母亲，华先生，还可以说是不幸；双亲都失去了就未免太大意了。令尊是谁呢？他显然有几文钱。到底他是出身于激进报纸所谓的商业世家呢，还是从贵族的身份里出人头地的呢？

杰　克：恐怕我根本说不上来。说真的，巴夫人，刚才我说我失去了双亲；但是实在一点儿，不如说是我的双亲失去了我，我其实不知道自己生在谁家。我是，呃，我是拣来的。

巴夫人：拣来的！

杰　克：拣到我的，是已故的贾汤姆先生，一位性情很慈善很温厚的老绅士；他取了“华”做我的姓，因为当时他口袋里正好有一张去“华兴”的头等车票。华兴在塞西克斯县，是海边的名胜。

巴夫人：这位买了头等票去海边名胜的善心绅士，在哪儿拣到你的呢？

杰　克：（严肃地。）在一只手提袋里。

巴夫人：一只手提袋里？

杰　克：（极其认真地。）是啊，巴夫人。当时我是在一只手提袋里——一只相当大的黑皮手提袋，还有把手——其实嘛就是一只普普通通的手提袋。

巴夫人：这位贾詹姆还是贾汤姆先生，是在什么地方发现这普普通通的手提袋的呢？

杰　克：在维多利亚火车站的行李间。人家误成他的手提袋交给他的。

巴夫人：维多利亚火车站的行李间？

杰　克：是呀。去布莱敦的月台。

巴夫人：什么月台无关紧要。华先生，坦白说吧，你刚才这一番话有点令我不懂。在一只手提袋里出世，或者，至少在一只手提袋里寄养，在我看来，对家庭生活的常规都是不敬的表示：这种态度令人想起了法国革命的放纵无度。我想你也知道那倒霉的运动是怎样的下场吧？至于发现手提袋的地点嘛，火车站的行李间正好用来掩饰社会上的丑事——说不定实际上早派过这种用场了——可是上流社会的正规地位，总不能靠火车站的行李间做根据呀。

杰　克：那么，我该怎么办，是否可以请您指点？不用说，为了保证关多琳的幸福，什么事我都愿做。

巴夫人：那我就要郑重劝告你，华先生，要尽快设法去找几个亲戚来，而且乘社交季节还没结束，要好好努力，不论是父亲还是母亲，至少得提一个出来。

杰　克：这个，我实在想不出有什么办法。那手提袋嘛我随时都提得出来：就在我家的梳妆室里。说真的，巴夫人，我想这样你也该放心了吧。

巴夫人：我放心，华先生！跟我有什么关系呀？你只当我跟巴大人真会让我们的独生女——我们苦心带大的女孩子——嫁到行李间里去，跟一个包裹成亲吗？再见了，华先生！

（巴夫人气派十足地愤愤然掉头而去。）

杰　克：再见！（亚吉能在邻室铿然奏起结婚进行曲。杰克状至愤怒，走到门口。）做做好事别弹那鬼调子了，阿吉！你发神经啊！

（琴声止处，亚吉能欣然上。）

亚吉能：不是都很顺利吗，老兄？难道说关多琳不答应吗？我知道这是她的脾气。她老爱拒绝人家。我认为她脾气真坏。

杰　克：关多琳倒是稳若泰山。就她而言，我们是已经订了婚了。她的母亲真叫人吃不消。从来没见过这样的母夜叉，我不知道母夜叉究竟是什么样子，可是我敢断定巴夫人一定就是。总之啊，她做了妖怪，又不留在神话里，实在不太公平，对不起，阿吉，也许我不该这么当面说你的姨妈。

亚吉能：老兄，我最爱听人家骂我的亲戚了。只有靠这样，我才能忍受他们。五亲六戚都是一班讨厌的人，完全不明白如何生得其道，也根本不领悟如何死得其时。

杰　克：呸，胡说八道！

亚吉能：才不呢！

杰　克：唉，不跟你争了。你呀什么东西都爱争。

亚吉能：天造万物，本来就是给人争论用的。

杰　克：说真的，我要是相信这句话，早就自杀了。（稍停。）阿吉，你想想看，一百五十年后，关多琳总不至于变得跟她妈一样吧？

亚吉能：到头来，所有的女人都变得像自己的母亲。那是女人的悲剧。可是没一个男人像自己的母亲。那是男人的悲剧。

杰　克：你听多俏皮！

亚吉能：简直是语妙天下！讨论文明的生活，没有一句话比我这一句更中肯的了。

杰　克：伶牙俐齿，把人给烦死。这年头，个个都是聪明人。无论上哪儿去，都躲不掉聪明人。这玩意儿已经变成一大公害了。但愿上帝保佑，为我们留下几个笨蛋。

亚吉能：笨蛋倒也不缺。

杰　克：我倒很想见见他们。他们都谈些什么呢？

亚吉能：笨蛋吗？唉！当然是谈聪明人啰。

杰　克：真是笨蛋！

亚吉能：对了，你进城叫任真，下乡叫杰克，这真相跟关多琳说过没有？

杰　克：（一副老气横秋的神情。）老兄，真相这玩意儿是不作兴讲给又甜又秀气的好女孩听的。你对于应付女人之道，见解倒是很特别！

亚吉能：应付女人的唯一手段，是跟她谈情说爱，如果她长得漂亮；或者跟别人去谈情说爱，如果她长得平庸。

杰　克：呸，又是胡说八道。

亚吉能：那你弟弟怎么办呢？任真那浪荡子怎么办呢？

杰　克：哦，不到周末我就可以解决他了。我可以说他在巴黎中风，死了。好多人不都是无缘无故就死于中风吗？

亚吉能：对呀，可是这毛病是遗传来的，老兄。这种事只出在自家身上。还不如说是重伤风吧。

杰　克：你能担保重伤风就不遗传，或者不相干吗？

亚吉能：当然不会了！

杰　克：那，好极了。我那苦命的弟弟任真，在巴黎害了重伤风，突然去世。这就了结了。

亚吉能：可是我记得你说过，贾小姐对你那苦命弟弟任真的兴趣未免太高了一点，是吧？她不会太难过吗？

杰　克：哦，那没有关系。我乐于奉告你，西西丽并不是天真烂漫的女孩子。她胃口一等，脚劲很强，而且全不用功。

亚吉能：我倒颇想见见她。

杰　克：我会全神戒备，绝不让你见她。她太漂亮了，而且只有十八岁。

亚吉能：你有没有告诉过关多琳，你有一个太漂亮了的受监护人，才十八岁呢？

杰　克：哎呀！这种事情，不作兴随口告诉别人的。包管西西丽跟关多琳会成为亲密好友。你爱赌什么我就跟你赌什么：只要她们见面半小时，就会姊姊长妹妹短的了。

亚吉能：女人嘛，总要彼此称呼好些别的名堂之后，才会互称姊妹吧。好了，老兄，要是我们想去威利餐厅弄张好台子，也实在应该去换衣服了。你知道快七点了吗？

杰　克：（烦躁地。）唉！永远是快七点了。

亚吉能：嗯，我饿了。

杰　克：就没见你不饿过。

亚吉能：饭后去哪儿呢？听戏吗？

杰　克：哦，不行！我讨厌听戏。

亚吉能：那，去俱乐部吧？

杰　克：哦，不行！我最恨聊天。

亚吉能：那，十点钟散步去帝国乐厅吧？

杰　克：哦，不行！我最受不了一路东张西望：无聊得很。

亚吉能：那，到底干什么呢？

杰　克：什么也不干！

亚吉能：什么也不干，倒真是苦差事。不过嘛，只要是漫无目的，苦差事我也不在乎。

（老林上。）

老　林：费小姐来了。

（关多琳上。老林下。）

亚吉能：关多琳，说真的！

关多琳：阿吉，请你转过身去。我有一句话要私下跟华先生讲。

亚吉能：老实说，关多琳，我根本不该让你们这么搞。

关多琳：阿吉呀，你对人生采取的态度总是这样不道德，一点儿也不放松。你年纪还不够大，没资格这么做。（亚吉能退到壁炉旁边。）

杰　克：我的达令。

关多琳：任真，也许我们永远结不成婚了。看妈脸上的表情，只怕我们永远无望了。这年头，子女说的话，做父母的很少肯听了。旧社会对年轻人的尊敬，已经荡然无存了。我以前对妈的那点影响力，到三岁那年就不灵了。可是啊，虽然她能阻止我们结成夫妻，虽然我会嫁给别人，而且嫁来嫁去，可是我对你的永恒之爱，随她怎样也没法改变。

杰　克：亲爱的关多琳！

关多琳：妈把你浪漫的身世告诉了我，还加上一些刺耳的按语，自然而然地深深感动了我。你的教名有一种不可抗拒的魅力。你的性格单纯得使我觉得你妙不可解。你城里的地址在奥巴尼公寓，我已经有了。你乡下的地址呢？

杰　克：厚福县、武登乡大庄宅。

（亚吉能一直在用心偷听，暗自窃笑，把地址写在袖口上；又拿起《铁路指南》来。）

关多琳：想必寄信还方便吧？也许有紧急行动的必要，当然得先慎重考虑。我会每天跟你通信。

杰　克：我的关多琳！

关多琳：你在城里还待多久呢？

杰　克：到星期一。

关多琳：好极了！阿吉，你可以回过身来了。

亚吉能：谢谢你，我已经回过身来了。

关多琳：你也可以按铃了。

杰　克：让我送你上马车好吗，达令？

关多琳：当然。

杰　克：（老林上，对老林说。）我会送费小姐出去。

老　林：是，先生。（杰克和关多琳下。）

（老林用盘子盛着几封信呈递给亚吉能。可以想见都是账单，因为亚吉能一瞥之下，立予撕去。）

亚吉能：老林，来一杯雪利酒。

老　林：是，先生。

亚吉能：老林，明天我要见梁勉仁去了。

老　林：是，先生。

亚吉能：我大概要礼拜一才回来。你把我的出客装、便装和梁勉仁的全副行头，都拿出来吧。

老　林：是，先生。（递上雪利酒。）

亚吉能：老林，希望明天是晴天。

老　林：明天从来不是晴天，先生。

亚吉能：老林啊，你是个彻底的悲观论者。

老　林：我尽力而为，求您满意罢了，先生。

（杰克上。老林下。）

杰　克：真是个有见识有头脑的女孩子！这一辈子只有这女孩子令我喜欢。（亚吉能狂笑起来。）你得意个什么东西呀？

亚吉能：哦，我只是有点担心可怜的梁勉仁，没有别的。

杰　克：要是你不当心呀，你这位朋友梁勉仁总有一天会为你招来严重的麻烦。

亚吉能：我喜欢麻烦呀。世界上只有麻烦这种事绝不严重。

杰　克：呸，又是胡说八道，阿吉。你一开口就是胡说八道。

亚吉能：谁开口不是这样呢？

（杰克怒视着他，走了出去。亚吉能点起一支烟，俯视袖口，笑了起来。）

幕　落

第二幕

THE SECOND ACT

布　景：大庄宅的花园。一道灰石的阶级通向屋前。园中布置老式，开满玫瑰。时为七月。一株大紫杉树下摆着柳条椅，和一张满置书本的桌子。可以发现劳小姐坐在桌前。西西丽在她背后浇花。

劳小姐：（呼喊。）西西丽，西西丽！像浇花这种实际的工作，天经地义该由老梅来负责，轮不到你吧？尤其这时候，还有心灵上的享受在等着你。你的德文文法就在桌上，请你翻到十五页。我们复习昨天的功课吧。

西西丽：（慢吞吞地走过来。）可是我不喜欢德文嘛。德文根本跟我不合。我很清楚，每次上过德文课，我的相貌就特别平庸。

劳小姐：孩子，你也知道你的监护人多指望你在各方面都有进步。昨天他在进城之前，还特别关照你要勤念德文呢。其实啊，每次他要进城，都关照你学德文。

西西丽：杰克叔叔好认真啊！有时候看他那么认真，我还只当他不太舒服呢？

劳小姐：（正色说道。）你的监护人身体再好不过；像他这么年纪还不算大，就举止这么端庄，真是特别令人敬佩。没见过有谁责任感像他这么高的。

西西丽：我们三个人在一起的时候，他总有点不耐烦的样子，想必就是这缘故吧。

劳小姐：西西丽！你真是莫名其妙。华先生的日子烦恼重重，跟我们说话如果尽是嘻嘻哈哈琐琐碎碎的空谈，岂非不伦不类。你别忘了那可怜的少年，他那弟弟，总是令他烦心。

西西丽：但愿杰克叔叔能让他弟弟，那可怜的少年，有时来我们乡下。也许我们对他能好好起一点影响。我相信，您一定办得到的。您知道德文啦，地理啦，诸如此类的东西，对男人的影响有多大。（西西丽记起日记来。）

劳小姐：（摇头。）他自己的哥哥都承认他性格懦弱，意志动摇，到了不可救药的地步；对这种人，我看连我也起不了什么作用。老实说，我也不怎么想要挽救他。一声通知，就要把坏蛋变成好人，现代人的这种狂热我也不赞成。恶嘛当然应有恶报。西西丽，你跟我把日记本收起来。我实在想不通你为什么要记日记。

西西丽：我记日记，是要留下一生奇妙的秘密。要是我不写下来，说不定就全忘光了。

劳小姐：一个人的记性才是可以随身携带的日记，我的好西西丽。

西西丽：对呀，可是记住的通常都是些从没发生过也绝不会发生的东西。我相信，“谬递图书馆”寄给我们的那些三本一套的长篇小说，几乎全是凭这种记忆写出来的。

劳小姐：别这么瞧不起三本头的小说啊，西西丽。我自己呀早年也写过一部呢！

西西丽：真的吗，劳小姐？您好聪明哟！希望不是好下场吧？我不喜欢小说好下场，看了令我太颓丧了。

劳小姐：好人好下场，坏人坏下场。这就是小说的意义。

西西丽：就算是吧。不过似乎太不公平了。您这小说出版了吗？

劳小姐：唉！没有。手稿不幸有失检点。（西西丽吃了一惊。）我的意思是遗失了，或者忘记放在哪儿了。做你的功课吧，孩子，这些空想毫无益处。

西西丽：（微笑。）可是我看见蔡牧师从花园那边过来了。

劳小姐：（起身相迎。）蔡牧师！欢迎，欢迎。

（蔡牧师上。）

蔡牧师：早，各位都好。劳小姐，您好。

西西丽：劳小姐正说她有点头痛。蔡牧师，要是您陪她去公园里散一下步，我想她一定会好过得多。

劳小姐：西西丽，我根本没说我头痛。

西西丽：是呀，劳小姐，我知道，可是刚才凭本能就感觉您在头痛。其实啊，蔡牧师刚才进来的时候，我想的就是这件事，而不是我的德文课。

蔡牧师：希望你，西西丽，不至于心不在焉。

西西丽：哦，只怕我是有点心不在焉。

蔡牧师：那就奇怪了。要是我有幸做了劳小姐的学生，我一定会死盯着她的嘴唇。（劳小姐怒视着他。）我只是打个比喻：我的比喻来自蜜蜂。啊哈！看来华先生还没从城里回来吧？

劳小姐：我们等他礼拜一下午回来。

蔡牧师：啊对了，他礼拜天总喜欢在伦敦。他这种人不以享乐为唯一的目的，可是听别人说，他的弟弟，那可怜的少年，却似乎只顾享乐。不过，我不该再打扰伊吉丽亚跟她的学生了。

劳小姐：什么伊吉丽亚？我的名字是丽蒂霞呀，蔡牧师。

蔡牧师：（鞠躬。）这不过是一个典故，从异教的作品里来的。晚祷的时候想必会再见两位吧？

劳小姐：蔡牧师，我看我还是跟你去散步好了。我觉得自己真的头痛起来了，散一下步会好过些。

蔡牧师：欢迎欢迎，劳小姐。我们可以一直走到学校再回来。

劳小姐：那太好了。西西丽，我回来以前你可以读你的经济学。讲卢比贬值的那一章太刺激了，可以跳过去，因为就连这些响当当的问题也不免有闹哄哄的一面。

（随蔡牧师走出花园。）

西西丽：（拿起书来又摔回桌上。）死讨厌的经济学！死讨厌的地理学！死讨厌的德文！

（老梅用盘托一张名片上。）

老　梅：华任真先生刚从车站坐车来。他还带了行李。

西西丽：（拿起名片读道。）“华任真先生，学士。奥巴尼公寓西四号。”杰克叔叔的弟弟！你跟他说华先生进城了吗？

老　梅：说了，小姐。他好像很失望。我说您跟劳小姐正在花园里。他说他急于跟您私下谈一谈。

西西丽：请华任真先生来这儿吧。我看你最好叫

管家为他准备一个房间。

老　梅：是，小姐。

（老梅下。）

西西丽：我从来没见过一个真正的坏人，倒有点儿害怕。只怕他跟别人完全一样。（亚吉能上，状至轻快。）果然如此！

亚吉能：（举帽。）你一定是我的小表妹西西丽了，我相信。

西西丽：你错得有点离谱了吧。人家才不小呢。老实说，我相信在我这年龄我是特别高的了。（亚吉能颇感吃惊。）不过，我倒是你的表妹西西丽。你呢，看你的名片，正是杰克叔叔的弟弟，我的任真表哥，我的坏表哥任真。

亚吉能：哦！其实我一点儿也不坏，西西丽表妹。你千万不能把我当坏人。

西西丽：如果你不是坏人，那你真是一直在骗我们，骗得太不可原谅了。希望你不是一直在过双重的生活，假装是坏人，其实一直是好人。那就是伪君子了。

亚吉能：（愕然注视着她。）哦！我当然也胡闹过的。

西西丽：听你这么说，我很安慰。

亚吉能：老实说，既然你提起了，我这人哪玩起小花样来也坏得很呢。

西西丽：这，我认为也不值得你自鸣得意，不过，我相信那种生活一定有趣得很。

亚吉能：远比不上跟你在一起有趣。

西西丽：我不明白你怎么会来这里。杰克叔叔要礼拜一下午才回来呢。

亚吉能：那太扫兴了。礼拜一上午我非坐第一班火车回城不可。我约了别人谈公事，心心念念要……把它误掉。

西西丽：你要误约，非得在伦敦吗？

亚吉能：是呀，约了在伦敦见呀。

西西丽：嗯，我当然知道，一个人如果对生命要保留一点美感，就有必要把公务上的约会误掉；可是我还是认为你不如等杰克叔叔回来了再说。我知道，他要跟你谈谈你移民的事情。

亚吉能：我的什么事情？

西西丽：你移民的事情。他就是进城为你买行装去了。

亚吉能：我才不要杰克为我买什么行装呢。他买领带根本就没有眼光。

西西丽：我看你不需要领带吧。杰克叔叔打算送你去澳洲。

亚吉能：澳洲！我不如死掉。

西西丽：嗯，上礼拜三吃晚饭的时候，他说你必须在人间，天上，和澳洲之间做一个选择。

亚吉能：哦，我想想看！澳洲也好，天上也好，我听到的种种传闻都不怎么令人心动。人间已经很合我意了，西西丽表妹。

西西丽：不错，可是你合人间的意吗？

亚吉能：只怕我并不合人间的意。所以我需要你来改造。西西丽表妹，要是你无所谓，你不妨负起改造我的任务。

西西丽：只怕我今天下午没空。

亚吉能：那么，今天下午我就自己来改造，你总无所谓吧？

西西丽：你真是天真烂漫。不过，我看你应该试一试。

亚吉能：好啊。我已经觉得好一点了。

西西丽：你看起来气色坏一点了。

亚吉能：因为我肚子饿了。

西西丽：我真糊涂。我应该记得，一个人要过全新生活的时候，三餐必须有规律，讲卫生。那就进屋里来吧？

亚吉能：谢谢你。我可以先插一朵襟花吗？我每次要胃口好，得先插一朵襟花。

西西丽：那就插一朵红玫瑰好吗？（拿起

剪刀。）

亚吉能：不用了，我比较喜欢粉红色的。

西西丽：为什么呢？（剪下一朵花。）

亚吉能：因为你就像一朵粉红的玫瑰，西西丽表妹。

西西丽：我觉得你不该对我讲这种话。劳小姐从来不跟我讲这些东西的。

亚吉能：那劳小姐真是一个近视的老太婆。（西西丽把玫瑰插在他的襟眼里。）你是我生平见过的最美的女孩。

西西丽：劳小姐说，花容月貌都是陷阱。

亚吉能：这种陷阱，每一个懂事的男人都愿意掉进去。

西西丽：哦，我看呀我倒不想捉住个懂事的男人。这种人，不知道该跟他说些什么。

（两人走进屋去。劳小姐和蔡牧师上。）

劳小姐：你太孤单了，蔡牧师。你应该结婚。一个人恨人类而要独善其身，我可以了解——一个人恨女人而要独抱其身，就完全莫名其妙！

蔡牧师：（带着读书人的震惊。）请相信我，我不值得你这么咬文嚼字。原始教会的宗旨和实践，显然都是反对婚姻的。

劳小姐：（大发议论。）原始教会不能支持到现在，显然就是这缘故。我的好牧师，你似乎还不明白，一个男人要是打定主意独身到底，就等于变成了永远公开的诱惑。男人应该小心一点；使脆弱的异性迷路的，正是单身汉。

蔡牧师：可是男人结了婚不照样迷人吗？

劳小姐：男人结了婚，没一个迷人，除非迷自己的太太。

蔡牧师：我听说呀，往往连自己的太太也迷不了。

劳小姐：那得看那女人的头脑怎么样了。成熟的女人总是靠得住的。熟透了，自然没问题。年轻女人呀根本是生的。（蔡牧师吃了一惊。）我这是园艺学的观点。我的比喻来自水果。咦，西西丽哪儿去了？

蔡牧师：也许她刚才跟我们去学校了吧。

（杰克自花园背后慢步上。他穿着重丧之服，帽佩黑纱，手戴黑手套。）

劳小姐：华先生！

蔡牧师：华先生？

劳小姐：真想不到。我们以为你礼拜一下午才回来呢。

杰　克：（戚然和劳小姐握手。）我也没打算这么快就回来。蔡牧师，你还好吗？

蔡牧师：亲爱的华先生，你这一身悲哀的打扮，不会是表示大祸临头吧？

杰　克：都是为我的弟弟。

劳小姐：又是乱花钱，欠了债，丢了脸吗？

蔡牧师：还是在寻欢作乐过日子吗？

杰　克：（摇头。）死了！

蔡牧师：令弟任真死了？

杰　克：死掉了。

劳小姐：教训得好！我相信对他也有益处。

蔡牧师：华先生，请接受我衷心的哀悼。你这位做哥哥的一向最慷慨大度：只要你知道这一点，至少就可以自慰了。

杰　克：可怜的任真！尽管他生前有不少缺点，这对我还是很大、很大的打击。

蔡牧师：这打击当真不小。临终时你在场吗？

杰　克：不在场。他死在国外；在巴黎，不瞒您说。昨夜我才收到巴黎大旅馆的经理拍来的电报。

蔡牧师：有没有说怎么死的呢？

杰　克：重伤风吧，好像是。

劳小姐：这都是报应。

蔡牧师：（举手。）厚道一点吧，亲爱的劳小姐，厚道一点！没有人是十全十美的。我这人就特别敏感，吹不得风的。会运回来下葬吗？

杰　克：不会。他好像表示过要葬在巴黎。

蔡牧师：葬在巴黎！（摇头。）只怕临终的时候，他的头脑也还不太清楚。这家庭悲剧，你一定希望我下礼拜天略加暗示吧。（杰克激动地紧握他的手。）我在讲道时可以发挥天降食物于荒野的意义：管它是什么场合，无论是喜事或是像目前这样的丧事，我的讲道词几乎都派得上用场。（长叹。）秋收的庆典，施洗礼，坚信礼，禁欲或者欢乐的日子，我都拿它来证道。上一次我在大教堂用它讲道，是为一个叫"上层阶级不满情绪防止会"的团体义务募款。主教也在场，我打的几个比喻都很令他感动。

杰　克：啊！对了，您不是提到施洗礼吗，蔡牧师？您总也知道如何施洗吧？（蔡牧师愕然。）当然，我是说，您一直为人施洗的，是不是？

劳小姐：说来也真遗憾，这正是他身为教区长在本教区经常要做的工作。我常劝穷人家少生孩子，可是他们似乎不懂节制的意义。

蔡牧师：华先生，你心目中有什么孩子要领洗吗？我看，令弟没结过婚吧？

杰　克：没有。

劳小姐：（恨恨然。）只顾着享乐的人都是这样。

杰　克：倒不是有什么孩子要领洗，蔡牧师。我很喜欢孩子。不是的！不瞒您说，是我自己要领洗，就在今天下午，要是您不忙别的事情。

蔡牧师：可是华先生，你应该早领过洗了呀？

杰　克：我什么也不记得了。

蔡牧师：你是不是很不放心呢？

杰　克：我确实有这个意思。当然，不知道这件事会不会令您为难，也不知道您会不会认为我年纪太大了。

蔡牧师：怎么会。成年人洒点水，或者当真浸在水里，全是合规矩的做法。

杰　克：浸在水里！

蔡牧师：不用担心。只要洒水就够了；其实，我认为还是洒水好。英国的天气太不稳定了。你想什么时候举行仪式呢？

杰　克：哦，五点左右我可以来，只要您方便。

蔡牧师：好极了，好极了！五点钟我正好要主持两个相同的仪式。这一对双生子事件，最近发生在府上领地靠外边的农家里。苦命的马车夫简金斯，没人比他更卖力了。

杰　克：哦！我看哪，跟别的婴孩在一起领洗，没多大意思。太幼稚了。五点半行不行？

蔡牧师：太好了！太好了！（取出表来。）啊，华先生，府上有丧事，我不再打搅了。只劝你不要过分哀伤。有些事看来像大祸临头，往往焉知非福。

劳小姐：照我看呀，这件事极其明显，是福不是祸。

（西西丽从屋里出来。）

西西丽：杰克叔叔！真高兴见你回来了。可是你这一身打扮多可怕！快去换掉它。

劳小姐：西西丽！

蔡牧师：小孩子！小孩子！（西西丽走向杰克；他忧愁地吻她的额头。）

西西丽：怎么啦，杰克叔叔？别这么愁眉苦脸了！看你这样子，像在牙疼；我可要叫你喜出望外。你猜是谁在饭厅里？你的弟弟！

杰　克：谁？

西西丽：你的弟弟任真呀。他来了快半小时了。

杰　克：这是从何说起！我根本没有弟弟。

西西丽：啊，别这么说。不管以往他对你有多坏，他总是你的弟弟呀。你总不能这么无情，竟然不认他。我去叫他出来。你就跟他握一下手吧，好不好，杰克叔叔？（跑回屋内。）

蔡牧师：这真是大好的喜讯。

劳小姐：他死了，大家也都认了；又这么突然回来，我觉得特别令人难过。

杰　克：我弟弟会在饭厅里？真不懂这一切是什么意思。我看全是胡闹。

（亚吉能和西西丽牵手上。两人徐徐走向杰克。）

杰　克：我的天哪！（挥手要亚吉能走开。）

亚吉能：约翰哥哥，我特别从城里来向你说明：以前我为你惹来种种麻烦，十分抱歉，从今以后我一定要好好做人了。（杰克对他怒视，不肯和他握手。）

西西丽：杰克叔叔，你总不至于不肯和自己的弟弟握手吧？

杰　克：说什么我也不会跟他握手。我觉得他这么下乡来简直可耻。原因他心里有数。

西西丽：杰克叔叔，做做好事吧。每个人都有点善性的。刚才任真还一直跟我说他的朋友梁勉仁先生，可怜多病，又说他常去探病。一个人能这么照顾病人，能放下伦敦的享乐去守在痛苦的床边，心地一定是很良善。

杰　克：哦！他一直在谈梁勉仁是吗？

西西丽：是呀，可怜的梁勉仁先生，身体坏得不得了，他什么都告诉我了。

杰　克：梁勉仁！哼，我可不准他跟你谈什么梁勉仁不梁勉仁的。就这么已经把人气疯了。

亚吉能：当然我承认错都在我身上。可是老实说，约翰哥哥对我这么冷淡，我觉得特别令人难过。我原来以为我受的欢迎会热烈得多，尤其这是我第一次来哥哥家。

西西丽：杰克叔叔，要是你不跟任真握手，我就永远不原谅你。

杰　克：永远不原谅我？

西西丽：永远，永远，永远！

杰　克：好吧，这是最后一次了，下不为例。（和亚吉能握手，怒视对方。）

蔡牧师：能看到兄弟俩和好如初，真令人高兴，啊？我看，我们还是让两兄弟叙一叙吧。

劳小姐：西西丽，跟我们走吧。

西西丽：好极了，劳小姐。我的劝解已经小功告成。

蔡牧师：好孩子，你今天已经做了一件好事。

劳小姐：结论不要下得太早。

西西丽：我真开心。

（众人下，只剩杰克和亚吉能。）

杰　克：你这小混蛋，阿吉，你给我赶快滚出去。不准你在这里玩两面人的把戏。

（老梅上。）

老　梅：任真先生的东西已经放在您隔壁房里了，先生。就这么行吗？

杰　克：什么？

老　梅：任真先生的行李呀，先生。我已经都解开来，放到您隔壁房里去了。

杰　克：他的行李？

老　梅：是呀，先生。三口大箱子，一只梳妆盒，两只帽盒子，还有一只大野餐盒。

亚吉能：只怕这一次我顶多只能住一个礼拜。

杰　克：老梅，赶快预备小马车。有人临时叫任真先生赶回城去。

老　梅：知道了，先生。（走回屋里。）

亚吉能：你真是个可怕的骗子，杰克。根本没人叫我回城去呀。

杰　克：有的，当然有。

亚吉能：我可没听见谁在叫我。

杰　克：你身为君子的责任，在叫你回去。

亚吉能：我做君子的责任，向来毫不妨碍我寻欢作乐。

杰　克：这我完全明白。

亚吉能：可是，西西丽真是可爱呀。

杰　克：你不可以用这种口吻讲贾小姐。我不喜欢。

亚吉能：哼，我还不喜欢你的衣服呢。你这一身打扮，真滑稽死了。干什么还不上楼去换掉啊？人家在你家里做客，明明要陪你住上一整个礼拜，你倒要为人家重丧打扮，简直是儿戏。这，我叫做作怪。

杰　克：管你做不做客，你绝对不可以在我这儿住上一整个礼拜。你非走不可……搭四点五分的火车走。

亚吉能：只要你还在守丧，我绝对不会把你丢下。那太不够朋友了。要是我守丧，我看，你也会陪着我的。你要不陪我，我还会认为你无情呢。

杰　克：那，我换了衣服你走不走呢？

亚吉能：好吧，只要你不耽搁太久。我从来没见谁穿衣服要穿这么久，而穿得这么不体面的。

杰　克：哼，无论如何，比起你这么老是穿过了头，总要好些吧。

亚吉能：就算我偶然衣服穿过了头吧，我总能把学问求过了头来补偿呀。

杰　克：你的虚荣可笑，你的行为可耻，你竟然在我花园里冒出来，简直荒谬。不过你非搭四点五分的火车不可，祝你一路顺利回城。这一次，你所谓的两面人把戏，玩得不太成功吧。（走进屋去。）

亚吉能：我看倒是大大成功。我爱上了西西丽，这一点最重要。（西西丽从花园背后上。她拿起水壶，开始浇花。）可是我走前一定要见她，为下一次来做两面人预先安排。啊，她在那里。

西西丽：哦，我只是来为玫瑰浇水。我还以为你跟杰克叔叔在一起呢。

亚吉能：他去为我叫小马车了。

西西丽：哦，他要带你去兜风取乐吗？

亚吉能：他要送我走了。

西西丽：那我们得分手了？

亚吉能：只怕是免不了。真令人难过。

西西丽：离开刚刚认识的人，总是令人难过的。老朋友不在身边，倒可以心安理得地忍受。可是和刚刚介绍认得的人，就算是分离片刻，也教人几乎受不了。

亚吉能：谢谢你这么说。

（老梅上。）

老　梅：小马车等在门口了，先生。（亚吉能求情地望着西西丽。）

西西丽：叫他等一下，老梅……等……五分钟。

老　梅：知道了，小姐。

（老梅下。）

亚吉能：西西丽，如果我坦坦白白地说，对于我，你在各方面都似乎是尽善尽美的眼前化身，希望你不要见怪。

西西丽：我认为，任真，你的态度坦白，大可称赞。要是你允许，我要把你的话记到我的日记里去。（走到桌前，记起日记来。）

亚吉能：你真的记日记吗？我真恨不得能看一看，可以吗？

西西丽：哦不可以。（手按日记。）你知道，里面记录的不过是一个很年轻的女孩子私下的感想和印象，所以呢，是准备出版的。等到印成书的时候，希望你也邮购一本。可是拜托你，任真，别停下来呀。我最喜欢听人一边说一边记了。我已经到了“尽善尽美”。再往下说呀。我绝不嫌多。

亚吉能：（颇感惊讶。）呃哼！呃哼！

西西丽：唉，任真，别咳嗽。一个人口述给人记录的时候，应该滔滔不绝，不可以咳嗽的。再加上，我也不知道咳嗽的声音怎么拼法。（亚吉能一边说，她一边记。）

亚吉能：（说得很快。）西西丽，自从我第一次看见你美妙无比的容貌以来，我就大胆爱上了你，疯狂地，热情地，专心地，绝望地。

西西丽：我认为你不该对我说，你疯狂地、热情地、专心地、绝望地爱上了我。“绝望地”似乎不太对吧？

亚吉能：西西丽！

（老梅上。）

老　梅：马车在等着呢，先生。

亚吉能：跟他说，下礼拜这个时候再来。

老　梅：（望着西西丽，但西西丽不动声色。）是，先生。

（老梅下。）

西西丽：要是杰克叔叔晓得你一直要待到下礼拜这时候，他一定很不高兴。

亚吉能：哦，我才不在乎杰克呢。除了你，世界之大我谁也不在乎。我爱你，西西丽。你肯嫁我吧？

西西丽：你这傻小子！当然肯了。哪，我们订婚都已经三个月了。

亚吉能：已经三个月了？

西西丽：是呀，到礼拜四正好三个月。

亚吉能：可是我们是怎么订婚的呢？

西西丽：哪，自从杰克好叔叔当初对我们承认，说他有个弟弟很歹，很坏，你自然就成了我跟劳小姐之间的主要话题。同样自然，一个男人老有人谈起，总是迷人得很啊。你会觉得，不管怎样，人家一定

有他的道理。坦白说，我真蠢，可是我早就爱上你了，任真。

亚吉能：达令。那，订婚又是什么时候真正订的呢？

西西丽：是在今年的二月十四号。那时，你对我这个人一无所知，真把我烦死了，我便下定决心好歹要把这件事了结，自我挣扎了很久之后，我便在这棵可爱的老树下许给你了。第二天我就用你的名义买了这只小戒指；还有这只打了同心结的小手镯，我答应了你要永远戴着。

亚吉能：这是我给你的吗？真漂亮，是吧？

西西丽：是呀，你的眼光好得不得了，任真。我一直说，就为这缘故，你才不走正路啊。这盒子里装的，都是你的宝贝来信。（跪在桌前，打开盒子，拿出蓝缎带束起的信件。）

亚吉能：我的信！可是我的好西西丽，我从来没写信给你呀。

西西丽：这，用不着你来提醒我，任真。我记得太清楚了，你这些信，都是我不得已才为你写的。我总是一个礼拜写三封，有时还不止呢。

亚吉能：哦，让我看一下好吧，西西丽？

西西丽：哦，绝对不行。你看了要得意死了。（放回盒子。）我解除婚约之后你写给我的那三封信，文笔太美了，别字也太多了，就连我现在读起来，也忍不住要流几滴泪呢。

亚吉能：我们订的婚有解除过吗？

西西丽：当然有啊。是在今年三月二十二号。你要的话，可以看那天的记录嘛。（展示日记。）“今天我跟任真解除了婚约。我觉得还是这样好。天气还是很迷人。”

亚吉能：可是你到底为什么要解除呢？我做错了

什么呢？我什么错也没有呀。西西丽，听你说解除了婚约，我真是很伤心，尤其那一天的天气还那么迷人。

西西丽：婚约嘛至少应该解除一次，否则算得了真心诚意的订婚吗？可是不出一个礼拜，我就原谅了你了。

亚吉能：（走到她面前跪下。）你真是十全十美的天使，西西丽。

西西丽：你才是多情的痴少年呢。（他吻她，她用手指掠他的头发。）希望你的头发天生是卷的，是吧？

亚吉能：是呀，达令，也不免请人帮了忙。

西西丽：那太好了。

亚吉能：我们的婚约你再也不会解除了吧，西西丽？

西西丽：既然我已经真见到你了，我想是没办法解除了。何况啊，不用说，和你的名字还有关系呢。

亚吉能：是啊，那还用说。（神情紧张。）

西西丽：你可不要笑我，达令，我一向有个少女的梦想，想爱一个叫做任真的人。（亚吉能站了起来，西西丽亦然。）这名字有股力量，教人绝对放心。无论什么倒霉的女人结了婚而丈夫不叫任真，我都可怜她。

亚吉能：可是，我的乖宝宝，万一我的名字不叫任真，你不会当真就不爱我了吧？

西西丽：那，叫什么呢？

亚吉能：哦，无论你喜欢什么名字——亚吉能啦——譬如说……

西西丽：可是我不喜欢亚吉能这名字呀。

亚吉能：我亲爱的、甜蜜的、多情的小乖乖，我实在不明白，你为什么要反对亚吉能这名字。这名字一点儿也不差，其实啊还有点儿贵族派头呢。进破产法庭的仁兄里面，有一半都名叫亚吉能。说正经的，西西丽（向她走去。），要是我名叫阿吉，难道你就不能爱我吗？

西西丽：（起立。）要是你名叫亚吉能，我也许会敬重你，任真，也许会佩服你的品格，不过只怕我没办法对你专心一意啊。

亚吉能：嗯哼！西西丽！（拿起帽子。）你们教区的牧师，我看哪，主持教会大大小小的仪式和典礼，应该是老经验了吧？

西西丽：哦，当然了。蔡牧师是最有学问的人。他一本书也没写过，可见得他有多博学了。

亚吉能：我得马上去找他，谈一个最要紧的洗礼——我是说，一件最要紧的正事。

西西丽：哦！

亚吉能：我顶多半小时就回来。

西西丽：想想看，我们从二月十四号起早就订了婚，可是直到今天我才第一次跟你见面，而现在你居然要离开我半小时之久，我觉得未免太苦了一点。减为二十分钟不行吗？

亚吉能：我立刻就回来。

（吻她，然后冲出花园。）

西西丽：好冲动的男孩子哟！我太喜欢他的头发了。他向我求婚，日记里一定要记下来。

（老梅上。）

老　梅：一位费小姐刚刚来访，要见华先生。她说，有很要紧的事情。

西西丽：华先生不是在他书房里吗？

老　梅：华先生去牧师家那边，走了没多久。

西西丽：请那位小姐来这儿吧；华先生马上就回来了。你可以拿茶来。

老　梅：是，小姐。（下。）

西西丽：费小姐！大概跟杰克叔叔在伦敦的慈善工作有关系，不外是那种善心的老太婆吧。我不太喜欢对慈善工作热心的女人。我觉得她们太性急了。

（老梅上。）

老　梅：费小姐来了。

（关多琳上。）

（老梅下。）

西西丽：（迎上前去。）让我来自我介绍吧。我叫西西丽，姓贾。

关多琳：西西丽？（趋前握手。）好甜的名字！我有个预感，我们会成为好朋友。我对你的喜欢已经无法形容了。我对别人的第一印象从不会错。

西西丽：你真是太好了，才认识没多久就这么喜欢我。请坐吧。

关多琳：（仍然站着。）我可以叫你西西丽吗？

西西丽：当然可以！

关多琳：你就从此叫我关多琳好吗？

西西丽：就依你吧。

关多琳：那就一言为定了，怎么样？

西西丽：但愿如此。（稍停。两人一起坐下。）

关多琳：也许应该乘这个好机会说一下我是谁。家父是巴勋爵。我看，你从来没听说过我爸爸吧？

西西丽：我想是没有。

关多琳：说来令人高兴，我爸爸呀一出了我家的大门，谁也不知道有这么个人。我看本来就该如此。对我来说，家，才像是男人该管的世界。一旦男人荒废了家庭的责任，他一定就变得阴柔不堪，你说是吧？我不喜欢男人这样，因为这样的男人太动人了。西西丽，我妈妈的教育观念哪特别古板，所以我长大后，变得全然“目光如豆”；这是她的规矩；所以嘛你不在乎我用眼镜来打量你吧？

西西丽：哦！根本不在乎，关多琳。我最喜欢给人看了。

关多琳：（先用长柄眼镜仔细观察西西丽。）你是来此地短期作客吧，我猜。

西西丽：哦，不是的！我住在此地。

关多琳：（严厉地。）真的吗？那你的母亲，或者什么姑姑婶婶之类的长辈，一定也居住在此地了？

西西丽：哦，都不是的！我没有母亲，其实呀，我什么亲人都没有。

关多琳：真的吗？

西西丽：我的监护人，在劳小姐的协助之下，负起照料我的重任。

关多琳：你的监护人？

西西丽：是啊，华先生是我的监护人。

关多琳：哦！真奇怪，他从没跟我提过，说他是什么监护人呀。真是会瞒人啊！这个人越来越有趣了。可是我还不敢说，我听见这消息的心情，是百分之百的高兴。（起身走向她。）我很喜欢你，西西丽；

我一见到你就疼你了！可是我不得不说，既然我知道了华先生是你的监护人，我就恨不得你——比现在这副样子，呃，年纪大些——而且相貌没有这么迷人。其实啊，要是我能坦白说——

西西丽：别客气！我认为一个人如果要说坏话，就应该说得坦坦白白。

关多琳：好吧，就说个痛痛快快。西西丽，我恨不得你实实足足有四十二岁，而且相貌比同年的女人要平凡得多。任真的个性坚强而正直。他简直是真理和道义的化身。他绝对不会见异思迁，也不会做假骗人。不过呢，就连人品最高贵的男人，也很容易被女人的美貌迷住。我所说的这种事情，有许多极端痛苦的实例，近代史可以提供给我们的，不下于古代史。否则的话，老实说，历史也就不堪一读了。

西西丽：对不起，关多琳，你说的是任真吗？

关多琳：是啊。

西西丽：哦，可是我那位监护人不是华任真先生，而是他的兄弟——他的哥哥呀。

关多琳：（重新坐下。）任真从没跟我提起他有一个哥哥。

西西丽：很遗憾，告诉你吧，两兄弟这些年来一直不和睦。

关多琳：啊！这就明白了。我再仔细一想，就从没听说谁会提起自己的兄弟呀。这话题，男人多半都觉得无聊。西西丽，你拿开了我心头的一块大石头。我刚才简直要急死了。像我们这种交情要是蒙上了一团疑云，岂不是糟透了吗？华任真先生不是你的监护人，这一点，想必是千真万确的啰？

西西丽：当然千真万确。（稍顿。）其实啊，正要我做他的监护人呢。

关多琳：（责问地。）你说什么？

西西丽：（略感害羞，但推心置腹地。）亲爱的关多琳，我根本没理由要瞒你。这件事，我们乡下的小报纸下礼拜一定会登的。华任真先生跟我已经订了婚。

关多琳：（很有风度地，一面起身。）我的好西西丽，我看这件事恐怕是有点弄错了吧。跟华任真先生订婚的是我。订婚启事最晚星期六会登在伦敦的《晨报》上。

西西丽：（很有风度地，一面起身。）只怕你是误会了吧。任真向我求婚，刚刚才十分钟。（出示日记。）

关多琳：（用长柄眼镜细看日记。）这真是太奇怪了，因为他求我嫁他，是在昨天下午五点三十分。要是你想查证这件事，请看吧。（拿出自己的日记来。）我没有一次旅行不带着日记。一个人搭火车啊总该看点够刺激的东西。西西丽，如果我令你失望了，那真是抱歉，不过，恐怕我有优先权。

西西丽：好关多琳，如果我害得你心里或者身上痛苦，那我真是说不出有多难过，可是我又不能不指出，任真向你求婚之后，他显然已经改变了主意。

关多琳：（沉思地。）要是那可怜人中了人家的计，糊里糊涂答应了人家，我可要负起责任立刻去救他，手段还非坚定不可。

西西丽：（心事重重，面有愁容。）不管我那乖小子碰上了什么倒霉的纠纷，婚后我绝对不会怪他。

关多琳：贾小姐，你暗示我是纠纷吗？你好大的胆子。在这种关头讲老实话，不但是道德责任，而且是赏心乐事了。

西西丽：费小姐，你把我说成是用计骗任真订婚的吗？你敢？肤浅而客套的假面具，现在该除下来了。我要是见到一头鹿，就不会叫它做马。

关多琳：（嘲讽地。）我倒乐于奉告，我从来没见过一头鹿。显然我们的社交圈子大不相同。

（老梅领仆人上。他拿来一只托物盘、一块桌布，和一只盘架。西西丽正要出言回敬。但在仆人面前只好忍住；因此两个女孩更加恼怒。）

老　梅：像平常一样把茶点放在这里吗，小姐？

西西丽：（严厉地，声调强自镇定。）嗯，像平常一样。（老梅动手清理桌子，铺上桌布。过了很久。西西丽和关多琳相对怒视。）

关多琳：这附近散步的好去处多不多，贾小姐？

西西丽：哦！有啊！多得很。就在很近的一座山头上，可以看到五个县。

关多琳：五个县！我才不想看呢；我最讨厌群

众了。

西西丽：（娇媚地。）看来你就是因此才住在城里的啰？（关多琳一面咬嘴唇，一面不安地用阳伞敲脚。）

关多琳：（四顾。）这花园整理得真好，贾小姐。

西西丽：真高兴能讨你喜欢，费小姐。

关多琳：想不到乡下居然有花。

西西丽：哦，费小姐，此地有的是花，就像伦敦有的是人。

关多琳：我个人实在想不通什么人能勉强住在乡下，如果他是个人物的话。我一来乡下，总是沉闷得要命。

西西丽：啊！这不就是报上所谓的农村低潮吗？我相信，目前地主阶级正大受其苦啊。听说，这低潮在地主之间几乎像传染病一样在蔓延。用点茶好吗？费小姐？

关多琳：（做作的礼貌。）谢谢你。（旁白。）讨厌的女孩子。可是茶呀又不能不喝！

西西丽：（娇媚地。）要加糖吗？

关多琳：（傲然。）不要，谢谢你。糖已经不吃香了。（西西丽怒视着她，拿起糖夹子，夹了四块方糖到她的茶杯里去。）

西西丽：（峻然。）要蛋糕还是牛油面包？

关多琳：（厌烦地。）牛油面包吧，麻烦你。这年头，在最上等的人家也难得见到蛋糕了。

西西丽：（切下很大一块蛋糕，放在盘上。）把这送给费小姐。

（老梅送罢蛋糕，和仆人同下。关多琳喝一口茶，皱起眉头。她立刻放下茶杯，伸手去取牛油面包，看了一眼，发现原来是蛋糕。勃然起身。）

关多琳：你在我茶里放满了方糖；虽然我清清楚楚地说要牛油面包，你却给了我蛋糕。我是出名的脾气好，生性又特别甜，不过我要警告你，贾小姐，你未免太过分了。

西西丽：（起身。）管它什么女孩子设下的圈套，为了把我那又天真又好骗的可怜少年救出来，再过分的事我也做得出。

关多琳：我一见到你就怀疑你了。我当时就觉得你说谎骗人。这种事向来瞒不了我。我对生人的第一印象从不出错。

西西丽：我觉得呀，费小姐，我耽误了你宝贵的时间了。附近这一带，想必还有不少人家你要去登门拜访，依样画葫芦吧？

（杰克上。）

关多琳：（忽然看见他。）任真！我的任真！

杰　克：关多琳！达令！（趋前吻她。）

关多琳：（退后。）等一下！请问你是否跟这位年轻小姐订了婚？（指着西西丽。）

杰　克：（大笑。）跟亲爱的小西西丽订婚！当然没有！你这漂亮的小脑袋哪儿来的这念头呀？

关多琳：谢谢你。现在可以了！（送上脸颊。）

西西丽：（十分娇媚地。）我就料到一定是有什么误会，费小姐。此刻抱着你腰的这位先生，正是我的监护人，华约翰先生。

关多琳：你说什么？

西西丽：他就是杰克叔叔。

关多琳：（退后。）杰克！哦！

（亚吉能上。）

西西丽：任真来了。

亚吉能：（一直走向西西丽，完全没有注意到别人。）我的爱人！（趋前吻她。）

西西丽：（退后。）等一下，任真！请问，你有没有跟这位年轻小姐订了婚？

亚吉能：（四顾。）跟哪位年轻小姐呀？我的天！关多琳！

西西丽：是啊！跟我的天，关多琳，我是说跟关多琳。

亚吉能：（大笑。）当然没有啦！你这漂亮的小

脑袋哪儿来的这念头呀?

西西丽:谢谢你。(送上脸颊待吻。)现在可以了。(亚吉能吻她。)

关多琳:我早就觉得有点不对劲,贾小姐。现在正抱着你的这位先生是我的表哥,亚吉能·孟克烈夫先生。

西西丽:(推开亚吉能。)亚吉能·孟克烈夫!哦!(两个少女都走向对方,互相抱腰,状若求救。)

西西丽:你叫亚吉能吗?

亚吉能:我无可否认。

西西丽:哦!

关多琳:你的名字真的是约翰吗?

杰　克:(傲然而立。)只要我高兴,我就可以否认。只要我高兴,我什么都可以否认。可是我的名字实实在在是约翰。这么多年来一直是约翰。

西西丽:(向关多琳说。)我们两个都上了大当了。

关多琳：我可怜的西西丽，真伤心！

西西丽：我可爱的关多琳，真冤枉！

关多琳：（慢慢地，认真地。）你叫我姐姐好吗？（她们互相拥抱。杰克和亚吉能长吁短叹，踱来踱去。）

西西丽：（颇为活泼地。）我只有一个问题要问问我的监护人。

关多琳：好主意！华先生，我只想对你提出一个问题。你那弟弟任真哪儿去啦？我们两个都跟你弟弟任真订了婚，所以有一件事情相当紧要，就是要知道你弟弟任真目前在哪里。

杰　克：（慢慢地，迟疑地。）关多琳——西西丽——要逼我说真话，太难过了。有生以来，这是我第一次沦落到这么难堪的地步；做这种事情，我实在一点经验也没有。不过我可以很坦白地告诉你，我并没有弟弟叫任真。我根本没有兄弟。我这一辈子从来没有兄弟，将来也绝对不想要。

西西丽：（惊讶地。）根本没有兄弟？

杰　克：（高兴地。）根本没有！

关多琳：（严厉地。）难道你哪一类的兄弟都没有过吗？

杰　克：（喜悦地。）从来没有。什么种类的都没有。

关多琳：我看哪这件事简单明了，西西丽，你我根本没有跟谁订婚。

西西丽：一位少女突然陷入这种绝境，真是不太愉快啊，你说是吗？

关多琳：我们还是进屋去吧。料他们也不敢跟进来。

西西丽：当然，男人最胆小了，你说是吗？

（两人满脸鄙夷地走进屋去。）

杰　克：事情糟到这个地步，想必就是你所谓的两面人功夫了？

亚吉能：对呀，这功夫真是妙到顶点。这辈子我要过的两面人把戏，就数这回最妙。

杰　克：哼，你根本没资格来这儿耍这一套。

亚吉能：胡说八道。每个人都有资格去自己喜欢的地方耍两面人的把戏。这道理，每一位严肃的两面人都知道。

杰　克：严肃的两面人！天晓得！

亚吉能：哪，一个人过日子要有点乐趣的话，总得对有些事情认真。正好我认真的是两面人的把戏。你老兄究竟对什么事认真，我可是一点儿也不知道。对每样事都认真吧，我猜。你的性格太不识大体了。

杰　克：哼，这一整套混蛋的勾当里头，我只有一点儿安慰，就是你那朋友梁勉仁终于吹爆了。你不能像以前那样老是往乡下跑了啊，我的好阿吉。也未必不是件好事。

亚吉能：令弟的气色不也有点欠佳吗，我的好杰克？你也不能按照以前的坏习惯，动不动就躲到伦敦去了。也未必就是坏事啊。

杰　克：至于你对贾小姐的行为，我必须指出，你竟然欺骗那样一位单纯、可爱又天真的少女，简直无可原谅。更别提她还是由我监护的了。

亚吉能：你竟能瞒过了像费小姐那样聪明、能干，而又老练到家的少女，我根本想不出你怎么能自圆其说。更别提她还是我的表妹了。

杰　克：我不过要跟关多琳订婚，别无他意。我爱她。

亚吉能：对呀，我也只要跟西西丽订婚罢了。我崇拜她。

杰　克：你要娶贾小姐，根本没缘分。

亚吉能：杰克，你要跟费小姐成亲，我看也不大可能吧。

杰　克：哼，这跟你毫无关系。

亚吉能：要是跟我有关系，我才不讲呢。（吃起松饼来。）讲关系最俗气了。只有政客那种人才讲关系，而且只在饭桌上讲。

杰　克：我们惹上了这么大的麻烦，你怎么还能坐在这儿心平气和地吃什么松饼，我实在不懂。你这个人好像全无良心。

亚吉能：哎呀，我总不能气急败坏地吃松饼呀。弄不好牛油就擦上了袖口。松饼嘛总应该心平气和地吃。这是唯一的吃法。

杰　克：我是说在目前的情况下，你居然吃得下松饼，简直毫无良心。

亚吉能：每当我有了麻烦，唯一的安慰便是吃东西。其实，凡我的熟朋友都会告诉你，每当我碰上了天大的麻烦，我什么东西都不要，只要吃的跟喝的。此刻我吃松饼，是因为我心情不好。何况，我本来就特别爱吃松饼。（起身。）

杰　克：（起身。）哼，就为这缘故，也犯不着露出这副馋相把松饼一扫而光啊。（夺走亚吉能的松饼。）

亚吉能：（送上饼干。）我看你吃点饼干算了。我不爱吃饼干。

杰　克：天啊！我以为一个人总可以在自己的花园里吃自己的松饼吧。

亚吉能：可是你自己刚说过，吃松饼是毫无良心啊。

杰　克：我是说，在这种情况下你毫无良心。那完全是另一回事。

亚吉能：就算是吧。可是松饼是同样的松饼。（他把一盘松饼又夺回来。）

杰　克：阿吉，求求你快走吧。

亚吉能：你总不能叫我饿着肚子走吧，简直胡闹。我从来不放弃晚餐的。谁都是这样，除非是吃素的一类人。况且我刚才和蔡牧师约好，要他六点差一刻为我施洗，命名我叫任真。

杰　克：老兄，你还是快打消这妄想为妙。我今早就约好了蔡牧师五点三十分为我施洗，天经地义我会取名叫任真。这是关多琳的意思。我们不能两个人都取名叫任真呀，太胡闹了。况且，只要我高兴，我绝对有资格领洗。有谁帮我施洗过，根本无法证明。我认为很可能我从来就没有领过洗，蔡牧师也这么想。你的情形完全不同，你早领过洗了。

亚吉能：不错，可是我没领洗已经多少年了。

杰　克：是呀，可是你领过洗了。这一点最要紧。

亚吉能：一点也不错。所以我知道我的体质受得了。如果你不很确定自己领过洗，老实说现在你才来碰运气，我觉得有点危险。说不定会使你很不舒服哟。你总没有忘记吧，你有个很近的亲人，就在这个礼拜几乎因为重伤风死在巴黎。

杰　克：不错，可是你自己说过，重伤风不是遗传的。

亚吉能：以前不是，我知道——可是我敢说现在是了。万事万物，科学总有妙法加以改进。

杰　克：（端起松饼盘子。）哦，胡说八道；你总是胡说八道。

亚吉能：杰克呀，你又在拿松饼了！我求你放手吧，只剩两块了。（把两块都拿走。）跟你说过我特别爱吃松饼。

杰　克：可是我最恨饼干。

亚吉能：那你究竟为什么又让佣人拿饼干来招待客人呢？你这个人的待客之道真有意思！

杰　克：亚吉能！我早就叫你走了，我不要你在

　　　这儿。你怎么还不走！

亚吉能：我的茶还没喝完呢！松饼也还有一块。

（杰克长吁短叹，颓然坐在椅上。亚吉能仍吃个不停。）

幕落

第三幕

THE THIRD ACT

布　景：大庄宅的客厅。

（关多琳和西西丽站在窗口，望着花园。）

关多琳：他们不立刻跟我们进屋子里来，换了别人都会跟的；我觉得这表示他们还有一点羞耻之心。

西西丽：他们一直在吃松饼，这就像是有了悔意。

关多琳：（稍停。）他们好像一点儿也不注意我们。你不能咳嗽吗？

西西丽：可是我没有咳嗽呀。

关多琳：他们正望着我们呢。真厚脸皮！

西西丽：他们走过来了。真是太无礼了。

关多琳：我们要保持庄严的沉默。

西西丽：当然了，现在只好这样。

（杰克上，后面跟着亚吉能。两人吹着口哨，那调子是英国剧里一段不堪的流行曲。）

关多琳：这种庄严的沉默产生的效果，好像并不愉快。

西西丽：简直讨厌极了。

关多琳：可是我们不会先开口。

西西丽：当然不会。

关多琳：华先生，有样很特别的事情我要问你。你的答复关系重大。

西西丽：关多琳，你的随机应变真是了不起。孟先生，下面有个问题请你回答我。你为什么要冒充我监护人的弟弟呢？

亚吉能：为了找机会跟你见面呀。

西西丽：（对关多琳。）这解释倒似乎令人满意，你看呢？

关多琳：对呀，好妹妹，只要你信得过他。

西西丽：我才不呢。不过这并不妨碍他回答得美妙。

关多琳：对。处理重大的事情，最要紧的是格调，不是真情。华先生，你假装有一个弟弟，这件事你怎么对我解释呢？是不是为了有机会经常进城来看我呢？

杰　克：你还不相信吗，费小姐？

关多琳：我对这件事疑问可多了，不过我有意把它扫开。目前不是卖弄德国怀疑论的时候。（走向西西丽。）他们的解释听来都很令人满意，华先生的尤其如此。我觉得，这好像真理之印都盖过了。

西西丽：我对孟先生的话已经太满足了。单凭他的声音就教人千信万信。

关多琳：那你认为我们应该饶了他们了吧？

西西丽：对。我是说不对。

关多琳：对！我都忘记了。这是原则的考验，不能随便让步。我们两个谁该来告诉他们呢？这个任务并不愉快。

西西丽：我们不可以两个人一同说吗？

关多琳：好主意！我几乎总是跟人家同时开口

的。你跟我配合好吗？

西西丽：好极了。（关多琳竖起手指打拍子。）

关多琳、西西丽：（同时说。）你们的教名还是一大障碍，没有解决。说完了！

杰克、亚吉能：（同时说。）我们的教名啊！就这么件事吗？今天下午我们正要去领洗呀。

关多琳：（对杰克。）为了我的关系，你情愿做这件苦事吗？

杰　克：情愿。

西西丽：（对亚吉能。）为了讨我好，你甘心接受这可怕的考验吗？

亚吉能：甘心！

关多琳：讲什么两性的平等，真是荒唐！从自我牺牲的问题看来，男人呀超过我们多少倍了。

杰　克：我们是这样啊。（和亚吉能一同鼓掌。）

西西丽：有时候男人的皮肉之勇，绝非我们女人所能想象。

关多琳：（对杰克。）达令！

亚吉能：（对西西丽。）达令！

（两对情人互投怀抱。）

（老梅上。看到这场面，他一面走进来，一面大声咳嗽。）

老　梅：嗯哼！嗯哼！巴夫人来访！

杰　克：天哪！

（巴夫人上。两对情人惊惶地分开。）

（老梅下。）

巴夫人：关多琳！这是什么意思！

关多琳：没什么，妈，我跟华先生订了婚。

巴夫人：你过来。坐下来，赶快坐下来。犹豫不决，无论是什么姿态，都显示青年人的智力衰退，老年人的体力虚弱。（转向杰克。）华先生，我女儿突然逃走的消息，是她那可靠的女仆告诉我的；我只花一个小钱就买到她的秘密了，于是立刻搭了行李车追了来。我不妨告诉你，关多琳的父亲很不高兴，还以为她是去大学校外进修部听一个其长无比的演讲，叫什么“固定收入对思想的影响”的呢。我也不想告诉他真相了。老实说，无论什么问题，我从来都不把真相告诉他。我认为不应该告诉。可是你应该明白，从此刻起，你跟我女儿之间的一切来往都必须立刻停止。对这件事，就像对一切的事情一样，我绝不通融。

杰　克：我已经跟关多琳订了婚呀，巴夫人！

巴夫人：你根本没有，华先生。现在，轮到亚吉能，亚吉能！

亚吉能：在这儿哪，欧姨妈。

巴夫人：请问你那位病鬼朋友梁勉仁先生，是不是也住在这屋子里呀？

亚吉能：（迟疑地。）啊！没有！梁勉仁不住在这儿。梁勉仁目前去了别处。其实嘛，梁勉仁死了。

巴夫人：死了！梁勉仁先生几时死的？他一定死得非常突然啊。

亚吉能：（轻描淡写地。）啊！今天下午我把他结果了。我是说，苦命的梁勉仁今天下午死了。

巴夫人：他怎么死的呢？

亚吉能：梁勉仁呀？哦，他整个爆发了。

巴夫人：爆发了？难道他做了暴力革命的牺牲品了吗？我倒不晓得梁勉仁先生对社会的法律发生了兴趣。要真是这样，他的毛病也是罪有应得。

亚吉能：亲爱的欧姨妈，我是说他被人发现了！医生发现梁勉仁活不成了，我是这个意思——所以梁勉仁死了。

巴夫人：他好像非常信赖医生的高见。不过我很高兴，他终于下了决心断然采取行动，而且是在正当的医学指导下行事。现在我们总算摆脱了这位梁勉仁先生；我请问你，华先生，那位少女，一只手我外甥正握着的，那姿势我觉得大可不必那么奇怪，她是谁呀？

杰　克：这少女是西西丽，贾小姐；我是她监护人。（巴夫人对西西丽冷冷地点头。）

亚吉能：我跟西西丽也订了婚，欧姨妈。

巴夫人：你说什么？

西西丽：孟先生跟我订婚了，巴夫人。

巴夫人：（愕然一震，一直走到沙发前坐下。）我不知道在厚福县，尤其是在这一带，是不是空气里有什么特别令人兴奋的东西，可是忙着订婚的人数，比起统计数字明文规定的平均数来，可超出一大截了。我看呢也不妨由我先调查一下。华先生，贾小姐和伦敦大一点儿的火车站有什么关系没有？我只想了解一下。一直到昨天，我才听说也有家庭或者个人，是把人家的终点当作自己的来历的。（杰克看来非常愤怒，却忍住了。）

杰　克：（声音清晰而冷峻。）贾小姐的祖父，已故的贾汤姆先生，住在伦敦西南区贝尔格瑞夫广场一四九号；塞瑞县道京镇格尔维斯公园；苏格兰风笛县毛皮袋庄子。

巴夫人：听起来倒也不差。就算是做生意的人家，有三个地址总是教人放心的。可是我怎么证明这些地址是真的呢？

杰　克：当年的《法庭指南》我一直留心保存着的。欢迎您检查，巴夫人。

巴夫人：（严峻地。）我见过那种书，有的地方错得离谱。

杰　克：贾小姐的家庭法律代表是“马克贝，马克贝，马克贝事务所”。

巴夫人：“马克贝，马克贝，马克贝”呀？在这一行是最有地位的字号了。说真的，我听说其中有一位马克贝先生偶尔也能在上流的宴会上露面。问到这里为止，我还算满意。

杰　克：（很烦躁地。）您真是太客气了，巴夫人！我手头还有些证件，您听了一定高兴：贾小姐的出生啦，洗礼啦，百日咳啦，注册啦，种痘啦，坚信礼啦，还有麻疹啦，管它德国麻疹还是英国麻疹，统统都有证明。

巴夫人：哎呀！这一生也够多事的了，我看得出；不过呢对一位少女也未免太刺激了一点。我个人并不赞成早熟的经验！（起身，看表。）关多琳！时间快到了，我们该走了。一刻也不能耽误了。照规矩呢，华先生，我还是该问你一声，贾小姐有没有一点儿财产？

杰　克：哦！有政府公债，大约是十三万镑。就这一样了。再见了，巴夫人，真是幸会。

巴夫人：（重新坐下。）别忙呀，华先生。十三万镑！还是公债券哪！我现在仔细看看贾小姐，才觉得她是个绝顶动人的少女。这年头难得有女孩子能具备踏踏实实的品格，不管是什么又能耐久又不断进步的品格。真遗憾，我们是生活在只讲表面的时代。（对西西丽。）你过来这边，乖孩子。（西西丽一直走过去。）这孩子多漂亮！不幸你穿得太简单了，你的头发呢几乎生下来之后就由得它这样，可是这一切很快就可以改过来。只要找一个十分老练的法国女仆，不要多久的工夫就能造成真正奇妙的效果来了。我记得介绍了这么一个给年轻的兰夫人，三个月之后连她自己的丈夫也认不出她来了。

杰　克：六个月之后呢谁也不认她了。

巴夫人：（怒视杰克片刻。然后低下头来，带着熟练的笑容，对着西西丽。）请你转过身去，乖孩子。（西西丽转了一整圈。）不是的，我要看你的侧面。（西西丽侧身对她。）对，完全如我所料。你的体态显然有社交的潜力。我们这时代的两个弱点，是缺乏原则，又缺乏姿态。下巴抬高一点，乖孩子。一个人的派头主要是靠下巴的姿态。目前嘛，大家的下巴都抬得很高。亚吉能！

亚吉能：在这儿哪，欧姨妈！

巴夫人：贾小姐的体态显然富于交际的潜力。

亚吉能：西西丽是世上最甜蜜、最亲爱、最漂亮的女孩。我才不管它什么交际的潜力呢。

巴夫人：绝对不要小看社交，亚吉能。只有打不进社交圈子的人才会这样说。（对西西丽。）好孩子，你当然知道亚吉能是什么都靠不住的，除了他的债务。可是我并不赞成为钱结婚。我嫁给巴大人的时候，自己根本没有嫁妆。可是我当时绝对无意就让这件事把我困倒。好吧，看来我只有答应你们了。

亚吉能：谢谢您了，欧姨妈。

巴夫人：西西丽，你可以吻我一下！

西西丽：（吻她。）谢谢您，巴夫人。

巴夫人：以后你也可以叫我欧姨妈了。

西西丽：欧姨妈。

巴夫人：婚礼嘛，我看，不如乘早举行。

亚吉能：谢谢您，欧姨妈。

西西丽：谢谢您，欧姨妈。

巴夫人：老实说，我不喜欢订婚拖得太久。一拖久了，两个人还没结婚就会看穿了对方的性格；我认为这绝对不妥当。

杰　克：对不起要打断您一下，巴夫人，他们俩根本不能订婚。我是贾小姐的监护人，她在成年以前不得我允许就不能结婚。她这婚事我绝对不允许。

巴夫人：凭什么，请问？亚吉能这种青年人，不

但十分合格，几乎可以说过分合格了。他一无所有，可是看上去无所不有。还有什么不满足的呢？

杰　克：巴夫人，我真是遗憾，谈到您外甥不能不把话说明白，其实啊我根本不欣赏他的人品。我怀疑他做人不诚实。（亚吉能和西西丽望着他，又惊又怒。）

巴夫人：做人不诚实！我的外甥亚吉能？绝对不可能！他是牛津毕业的。

杰　克：只怕这件事是不容分辩吧。今天下午，乘着我去伦敦处理一个重要的浪漫问题，暂时离家的时候，他居然冒充我弟弟混进我家里来。管家刚才告诉我说，他用的是假名，还喝光了我家一品脱装的整整一瓶百喜瑞牌的八九年份名贵香槟；这种酒呀我特地留着自己喝的。他一路无耻地骗下去，一下午的时间居然分化了唯一受我监护的少女对我的感情。之后他一直赖到下午茶的时候，吃得一块松饼也不剩。而使得他的行为更无情无义的，是他早就一清二楚：我现在没有兄弟，过去绝无兄弟，将来也不想有兄弟，不管是什么样的兄弟。昨天下午我就清清楚楚亲口告诉他了。

巴夫人：嗯哼！华先生，经过仔细考虑，我决定完全不管我外甥对你的行为。

杰　克：您倒是慷慨得很哪，巴夫人。不过我的决定不能改。我不答应。

巴夫人：（对西西丽。）你过来，乖孩子。（西西丽走了过来。）你多大了，乖乖？

西西丽：嗯，我其实呀只有十八，可是每逢参加晚会，都自认是二十岁。

巴夫人：略为改动一下，完全是应该的。其实嘛，女人报年龄也不用那么准确。那显得太计较了，（作沉思状。）十八岁，可是在晚会上自认有二十。对呀，不要多久你就成年，不再受监管的约束了呀。所以我认为你的监护人允不允许，根本无关紧要。

杰　克：对不起，巴夫人，要再打断您一下；为了公平起见，应该告诉您，根据贾小姐的祖父遗嘱上的规定，她要到三十五岁才达法定年龄。

巴夫人：我看这也不是什么大问题。三十五岁正迷人得很。伦敦这社会呀多少出身高贵的女人都心甘情愿，一年又一年，停留在三十五岁。邓夫人就是个好例子。据我所知，她自从许多年前满了四十以来，就一直算三十五了。我看哪，我们的西西丽到了你说的年龄，只有比现在更迷人。那时她的财产就愈积愈多了。

西西丽：阿吉，你能等到我三十五岁吗？

亚吉能：我当然能了，西西丽。你知道我能等的。

西西丽：是啊，我凭本能也感觉得出，可是我等不了那么久。我最恨等人了，就算是等五分钟。我一等人就有点火气。我自己不守时，我知道，可是我喜欢别人守时，而要等别人，就算为了结婚，我也办不到。

亚吉能：那又怎么办呢，西西丽？

西西丽：我不知道，孟先生。

巴夫人：我的好华先生，贾小姐既然一口咬定她等不到三十五岁——这句话，老实说，我觉得显得性急了一点儿——我就求你呀再考虑一下吧。

杰　克：可是亲爱的巴夫人，这件事完全操在您的手上。只要您允许我跟关多琳的婚事，我非常乐意立刻让您的外甥跟受我监护的人成亲。

巴夫人：（起身凛然说。）你应该很明白，这建议绝对办不到的。

杰　克：那不管是谁，只能指望满腔热情过单身的日子了。

巴夫人：这正是我为关多琳安排的命运。亚吉能嘛，当然可以自己选择。（拉出挂表。）走吧，好孩子，（关多琳起身。）我们误掉的火车，没有六班，也有五班了。再误的话，就要给人在月台上说闲话了。

（蔡牧师上。）

蔡牧师：洗礼的事情全准备好了。

巴夫人：洗礼的事情，牧师！这不是太早了一点吗？

蔡牧师：（颇感困惑，指着杰克和亚吉能。）这两位先生都表示过要立刻领洗。

巴夫人：在他们这个年纪？这念头简直怪诞而轻狂！亚吉能，不准你领什么洗。我不许你这么胡来。巴大人知道了你把自己的时间和金钱这样子糟蹋掉，可要大不高兴的。

蔡牧师：那么，我看今天下午是不用举行什么洗礼了吧？

杰　克：蔡牧师，照目前的情况看来，我认为，领洗对我们两个人都不会有多大实际的好处。

蔡牧师：听你说出这种情绪的话，华先生，我真是难过。这种情绪颇有再洗礼派异端邪说的味道，类似的邪说我在四篇尚未出版的证道词里早已痛加反驳了。不过呢，既然你目前的心情似乎特别入世，我就立刻回教堂去吧。其实啊教堂的管理员刚通知我，劳小姐在圣器室里已经等了我一个半小时了。

巴夫人：（警觉地。）劳小姐！你刚才提到一位劳小姐吗？

蔡牧师：是呀，巴夫人。我正要去会她呢。

巴夫人：请容我耽误你片刻。这件事对巴大人跟我说不定有重大的关系。这位劳小姐是不是面目可憎，跟教育界也算拉得上一点儿关系呀？

蔡牧师：（略表不悦。）劳小姐非常有修养，可以说是高雅的榜样。

巴夫人：显然就是这个人了。请问她在府上是什么身份啊？

蔡牧师：（正色地。）我是个单身汉，夫人。

杰　克：（插嘴。）巴夫人，劳小姐是贾小姐可敬的家庭教师，可贵的家常伴侣，已经有三年了。

巴夫人：尽管我听到她不少闲话，我还是要立刻见她。派人去叫她吧。

蔡牧师：（望着远处。）她正来了；她走近了。

（劳小姐匆匆上。）

劳小姐：他们说你要我去圣器室等你，蔡牧师，我在那儿等了你一小时又三刻钟了。（忽见巴夫人冷冷地瞪着她，不禁脸色转白，畏缩不前，并惶然四顾，似乎有意逃走。）

巴夫人：（语气严厉，如在审判。）姓劳的！（劳小姐惭愧地垂头。）你过来，姓劳的！（劳小姐恭恭敬敬地走了过去。）姓劳的！那小孩哪儿去了？（众人大惊。蔡牧师悚然一退。亚吉能和杰克佯装神色不安，深恐西西丽和关多琳听到家丑外扬的可怕详情。）二十八年以前，姓劳的，你从上格罗夫纳街一〇四号巴大人的家里出门，负责推一辆摇篮车，里面睡一个小男孩。从此你一去不回。几个礼拜之后，伦敦区警察经过严密的调查，有一天半夜里找到了那摇篮车，孤伶伶地给丢在贝斯瓦特荒僻的街角。车里只有那种三本头小说的手稿，言情之肉麻过火，比同类的作品更令人呕心。（劳小姐不禁勃然变色。）可是小孩呢不见了！（众人齐望着劳小姐。）姓劳的！那小孩哪儿去了？

（少停。）

劳小姐：巴夫人，真是惭愧，我必须承认毫不知情。要是我知道就好了。这件事直截了当是这样的。您说的那个日子永远刻印在我的心头；那天早上，我照例准备把孩子放在摇篮车上推出门去。同时我带了一只有点旧了的大手提袋，想要把我难得抽空写好的一本小说稿子放在袋里。一时心不在焉，我误把稿子放在车上，孩子反而放在袋里；这件糊涂事我永远不能原谅自己。

杰　克：（一直全神倾听。）可是你把那手提袋又放在哪儿了呢？

劳小姐：不要问我，华先生。

杰　克：劳小姐，这件事对我非常重要。我一定得知道你把装了婴孩的那只手提袋放到哪儿去了？

劳小姐：我把它留在伦敦一个大火车站的行李间了。

杰　克：哪一个火车站呢？

劳小姐：（一败涂地。）维多利亚。去布莱敦的月台。（颓然坐下。）

杰　克：我要回自己房里去一下。关多琳，你在这儿等我。

关多琳：只要你不去太久，我可以在这儿等你一辈子。

（杰克十分激动地下。）

蔡牧师：您认为这事情况如何，巴夫人？

巴夫人：我连猜都不敢乱猜，蔡牧师。不用我说你也可想，巧合的事情照理不会发生在高贵的家庭。这些事大家都觉得反常。

（楼上传来噪声[1]，像有人在乱丢箱子。众人都仰望。）

---

① 原译为噪音。

巴夫人：这声音真吵死人了，听来好像他在跟人辩论。什么样的辩论我都不喜欢。辩来辩去，总令我觉得很俗气，又往往觉得有道理。

蔡牧师：（仰望。）现在停了。（声响如厉。）

巴夫人：但愿他能有结论。

关多琳：这么悬而不决，真要命。希望它一直悬下去。

（杰克提着一只黑皮手提袋上。）

杰　克：（一直冲到劳小姐面前。）就是这只手提袋吗，劳小姐？您先仔细检查一下再开口。您的答案不单是关系一个人的幸福。

劳小姐：（平静地。）看来像是我的。对了，这里就是在我年轻快乐的时代，高尔街一辆公共马车翻了下来，把它碰坏了的。这衬里上的斑点是普通饮料泼上去的，这件事发生在利明敦温泉。这里哪，就在锁上，有我的名字缩写。我都忘了，当年一时豪兴大发，是我叫人刻上去的。这提袋没问题是我的。真高兴这么突如其来又物归原主。这些年这东西不在手边，还真是大不方便呢。

杰　克：（声调凄怆。）劳小姐，物归原主的还不止这提袋呢。我就是您放在里面的那孩子。

劳小姐：（愕然。）你?

杰　克：（抱她。）是啊，妈妈!

劳小姐：（向后退，又惊又怒。）华先生！我没结过婚!

杰　克：没结过婚！我不否认这打击很重大。可是话说回来，谁又有资格对吃尽苦头的人扔石头呢？一时的糊涂难道不能用忏悔来消除吗？为什么管男人是一套规矩，管女人又是一套规矩呢？妈，我原谅您。（又想要抱她。）

劳小姐：（更加愤怒。）华先生，你弄错了。（指着巴夫人。）你到底是谁，那位夫人可以告诉你。

杰　克：（稍停。）巴夫人，我最不喜欢问长问短，可是能否请您见告我是谁？

巴夫人：只怕我要告诉你的消息未必完全令你高兴。你是我可怜的姐姐孟太太的儿子，所以也就是亚吉能的哥哥。

杰　克：阿吉的哥哥！那说来说去，我是有一个弟弟了。我早知道我有弟弟的！我一直说我是有弟弟的呀！西西丽，你怎么可以怀疑我没有弟弟呢？（一把抓住亚吉能。）蔡牧师，这是我苦命的弟弟。劳小姐，这是我苦命的弟弟。关多琳，这是我苦命的弟弟。阿吉能，你这小坏蛋，将来你对我可得尊敬些了。你这一辈子还从来没把我当哥哥看待呢。

亚吉能：唉，一直到今天都还没有，老兄，我承认。虽然我荒废了很久，可是我尽力而为。

（兄弟两人握手。）

关多琳：（对杰克。）我亲爱的！可是亲爱的什么呢？现在你已经变了一个人，你的教名到底是什么呢？

杰　克：天哪！这一点我全忘了。说到我的名字，你的决定是一成不变的了，我看？

关多琳：我从来不变的，除非是变心。

西西丽：你的性情太高贵了，关多琳！

杰　克：那这问题最好立刻能澄清。欧姨妈，等一下。劳小姐把我掉在手提袋里的时候，我是否已经领过洗呢？

巴夫人：只要是钱能买到的奢侈品，包括洗礼在内，你那痴心溺爱的父母没有不为你乱买的。

杰　克：那我是有领洗！这一点是解决了。那，给我取的是什么名字呢？再坏的名字也告诉我吧。

巴夫人：你是长子，当然跟着父亲取名字。

杰　克：（焦急地。）是啊，可是我父亲的教名又叫什么呢？

巴夫人：（寻思。）将军的教名叫什么，我一时也想不起来了。不过，我相信他是有个教名的，这人性情古怪，我不否认。不过也是到晚年才那样。那都是因为印度的天气，加上结婚啦，不消化啦，诸如此类的关系。

杰　克：阿吉！你记得起我们的父亲是什么教名吗？

亚吉能：老兄，我跟他从来没说过一句话呀。他死的时候，我还没满周岁呢。

杰　克：欧姨妈，我看，他的名字总会收进当时的陆军军官名册里吧？

巴夫人：将军本性是爱好和平的人，只有在家是例外。可是我相信，什么军人手册都会列他的姓名的。

杰　克：四十年来的陆军军官名册我这儿都有。我早就应该经常翻看这些有趣的记录了。（冲向书架，急取书本。）M部，将官级，马拉姆，马克司邦，马格利，什么怪姓都有——马克贝，米克贝，莫伯司，孟克烈夫！中尉，一八四〇；上尉，中校，上校，少将，一八六九；教名，任真·约翰。（静静把书放下，十分安详地说。）关多琳，我一向告诉你我的名字叫任真，对吧？哪，果然是任真。我说，当然是任真嘛。

巴夫人：对了，现在我记起将军是叫任真。我早就知道，我不喜欢这名字，一定有什么特别的原因。

关多琳：任真啊，我的亲任真！我一开始就觉得你不会有别的名字！

杰　克：关多琳，一个人突然发现，自己一辈子讲的全是真话，太可怕了。你能原谅

我吗?

关多琳：当然。因为我觉得你一定会变。

杰　克：这才是我的关多琳!

蔡牧师：(对劳小姐。)丽蒂霞!（抱她。)

劳小姐：(兴奋地。)非德烈！终于等到了!

亚吉能：西西丽!（抱她。)终于等到了!

杰　克：关多琳!（抱她。)终于等到了!

巴夫人：我的外甥啊，你好像太拘泥于细节了。

杰　克：正好相反，这一辈子直到现在我才发现：要做人非做认真不可。

(众人静止如画。)

幕 落

一九八三年三月十五日译毕于沙田

与王尔德拔河记

——《不可儿戏》译后

《不可儿戏》(*The Importance of Being Earnest*)不但是王尔德最流行最出色的剧本，也是他一生的代表杰作。批评家对他的其他作品，包括诗与小说，都见仁见智，唯独对本剧近乎一致推崇，认为完美无陷，是现代英国戏剧的奠基之作。王尔德自己也很得意，叫它做“给正人看的闲戏”(a trivial comedy for serious people)，又对人说：“不喜欢我的五个戏，有两种不喜欢法。一种是都不喜欢，另一种是只挑剩《不可儿戏》。”

然而五四以来，他的五部戏里，中国人最耳熟的一部却是《少奶奶的扇子》(*Lady*

Windermere's Fan)。这是一九二五年洪深用来导演的改译本，由上海大通图书社出版。此剧尚有潘家洵的译本，名为《温德米尔夫人的扇子》。两种译本我都未看过；不知谁先谁后。其他的几部，据说曾经中译者尚有《莎乐美》和《理想丈夫》;《莎乐美》译者是田汉，《理想丈夫》的译者不详。至于《不可儿戏》，则承宋淇见告，他的父亲春舫先生曾有中译，附在《宋春舫论剧》五册之中，却连他自己也所藏不全了。剩下最后的一部《不要紧的女人》，未闻有无译本。

六十年来，王尔德在中国的文坛上几乎无人不晓。早在一九一七年二月，陈独秀的《文学革命论》里，就已把他和歌德、狄更斯、雨果、左拉等并列，当作取法西洋文学的对象了。然而迄今他的剧本中译寥落，究其原因或有三端。一是唯美主义的名义久已成为贬词，尤为写实的风尚所轻。二是王尔德的作品说古典不够古，说现代呢又不够新。但是最大的原因，还是王尔德的对话机锋犀利，妙语逼人，许多好处只能留在原文里欣赏，不能带到译文里去。

我读《不可儿戏》，先后已有十多年；在翻译班上，也屡用此书做口译练习的教材，深受同学欢迎。其实不但学生喜欢，做老师的也愈来愈入迷。终于有一天，我认为长任这么一本绝妙好书锁在原文里面，中文的读者将永无分享的机会，真的是“悠然心会，妙处难与君说”。要说与君听，只有动手翻译。

当然，王尔德岂是易译之辈？《不可儿戏》里的警句隽言，真是五步一楼，十步一阁，不，简直是五步一关，十步一寨，取经途中，岂止八十一劫？梁实秋说得好：英文本就不是为翻译而设。何况王尔德当年写得眉飞色舞，兴会淋漓，怎么还会为未来的译者留一条退路呢？身为译者，只有自求多福，才能绝处逢生了。

我做译者一向守一个原则：要译原意，不要译原文。只顾表面的原文，不顾后面的原意，就会流于直译、硬译、死译。最理想的翻译当然是既达原意，又存原文。退而求其次，如果难存原文，只好就径达原意，不顾原文表面的说法了。试举二例说明：

Algernon: How are you, my dear Ernest? What brings you up to town?

Jack: Oh, pleasure, pleasure! What else should bring one anywhere?

这是第一幕开始不久的对话。杰克的答话，如果只译原文，就成了“哦，乐趣，乐趣！什么别的事该带一个人去任何地方吗？”，这样，表面是忠于原文了，其实并未照顾到原意，等于不忠。这种直译，真是“阳奉阴违”。我的译文是“哦，寻欢作乐呀！一个人出门，还为了别的吗？”。

Lady Bracknell: Where is that baby?

Miss Prism: Lady Bracknell, I admit with shame that I do not know. I only wish I could.

这是第三幕接近剧终的一段，为全剧情节所系，当然十分重要。答话的第二句如果译成“我但愿我能够知道”，错是不错，也听得懂，可是不传神，所以无力。我把它译成“要是我知道就好了”。这虽然不是原文，却是原意。要是王尔德懂中文，也会这么说的。

以前我译过诗、小说、散文、论文，译剧本这却是第一次。当然小说里也有对话，可说和剧本相通。不过小说人物的对话不必针锋相对，更少妙语如珠。戏剧的灵魂全在对话，对话的灵魂全在简明紧凑，入耳动心。讽世浪漫喜剧如这本《不可儿戏》，尤其如此。小说的对话是给人看的，看不懂可以再看一遍。戏剧的对话却是给人听的，听不懂就过去了，没有第二次的机会。我译此书，不但是为中国的读者，也为中国的观众和演员。所以这一次我的翻译原则是：读者顺眼，观众入耳，演员上口。（其实观众该是听众，或者该叫观听众。这一点，英文的说法是方便多了。）希望我的译本是活生生的舞台剧，不是死板板的书斋剧。

因此本书的译笔和我译其他文体时大异其趣。读我译诗的人，本身可能就是位诗人，或者是个小小学者。将来在台下看这戏的，却是大众，至少是小众了。我的译文必须调整到适度的口语化，听起来才像话。同样的字眼，尤其是名词，更尤其是抽象名词，就必须译得响亮易懂，否则台下人听了无趣，台上人说来无光。例如下面这一段：

Gwendolen: Ernest has a strong upright nature. He is the very soul of truth and honour. Disloyalty would be as impossible to him as deception.

抽象名词这么多，中文最难消化。末句如果译成“不忠对于他将如骗欺一样不可能”，台上和台下势必都显得有点愚蠢。我的译文是“他绝对不会见异思迁，也不会做假骗人”。千万不要小看中文里四字词组或四字成语的用处。在新诗和散文里，它也许不宜多用，但在一般人的口头或演员的台词里，却听来响亮而稳当，入耳便化。

Lady Bracknell: Sit down immediately. Hesitation of any kind is a sign of mental decay in the young, of physical weakness in the old.

第二句的抽象名词也不少。尤其句首的一词，如果译成二字词组“犹豫”或“迟疑”，都会显得突兀不稳。我是这样译的：“犹豫不决，无论是什么姿态，都显示青年人的智力衰退，老年人的体力虚弱。”

遇见长句时，译者要解决的难题，往往首在句法，而后才是词语。对付繁复长句之道，不一而足，有时需要拆开重拼，有时需要首尾易位。一般译者只知顺译（即依照原文次序），而不知逆译才像中文，才有力。

Lady Bracknell: I should be much obliged if you would ask Mr. Bunbury, from me, to be kind enough not to have a relapse on Saturday, for I rely on you to arrange my music for me.

这种句法顺译不得。我便拆而复装，成为“要是你能替我求梁勉仁先生做做好事，别尽挑礼拜六来发病，我就感激不尽了，因为我还指望你为我安排音乐节目呢。”

Miss Prism: I do not think that even I could produce any effect on a character that according to his own brother's admission is irretrievably weak and vacillating. I am not in favor of this modern mania for turning bad people into good people at a moment's notice.

两个长句，或因副属子句[1]尾大难掉，或因

① 即状语从句。

介系词词组一层层相套，都不宜顺译。我的译文是："他自己的哥哥都承认他性格懦弱，意志动摇，到了不可救药的地步；对这种人，我看连我也起不了什么作用。老实说，我也不怎么想要挽救他。一声通知，就要把坏蛋变成好人，现代人的这种狂热我也不赞成。"看得出，两句都是逆译了。还请注意，两句译文都以动词结尾，正说明了在不少情况下，英文句子可以拖一条受词的长尾巴，中文就拖不动。所以我往往先解决复杂迤长的受词，再施以回马一枪。

其他的难题形形色色，有的可以克服，有的可以半悬半决，有的只好放弃。例如典故，此剧用典不多，我一律把它通俗化了，免得中国观众莫名其妙。像 Gorgon 就译成"母夜叉"；It is rather Quixotic of you 就译成"你真是天真烂漫"。如果译诗，我大概会保留原文的专有名词。最好笑的一句是电铃忽响，亚吉能说："啊！这一定是欧姨妈。只有亲戚或者债主上门，才会把电铃揿得这么惊天动地。"后面一句本来是 Only relatives, or creditors, ever ring in that Wagnerian manner. 我个人是觉得好笑极了。因为这时华格纳刚死不久，又是萧伯纳一再鼓吹的歌剧大师，以气魄见长。可惜这典故懂的人固然一听到就好笑，不懂的人一定更多。

双声是另一个问题。拜伦《哀希腊》之 the hero's harp, the lover's lute，胡适译为“英雄瑟与美人琴”，音调很畅，但不能保留双声。双声与双关，是译者的一双绝望。有时或可乞援于代用品。例如 I hear her hair has turned quite gold from grief. 最后三字是从 grey from grief 变来的，妙在双声之格未破。我译成“听说她的头发因为伤心变色像黄金”，双声变做叠韵，算是妥协。

最难缠的当然是文字游戏，尤其是一语双关，偏偏王尔德又最擅此道。在本书中，有不少这样的“趣克”（trick）都给我应付了过去。有时候实在走不通，只好变通绕道，当然那“趣克”也变质了。例如下面的对话：

Jack: Well, that is no business of yours.

Algernon: If it was my business, I wouldn't talk about it. It is very vulgar to talk about one's business. Only people like stockbrokers do that, and then merely at dinner parties.

这不能算是王尔德最精彩的台词，可是其中 business 一字造成的双关“趣克”却成了译者的克星。我只好绕道躲它，把 stockbrokers 改成“政客”，成了“要是跟我有关系，我才不讲呢。（吃起松饼来。）讲关系最俗气了。只有政客那种人才讲关系，而且只在饭桌上讲”。

有时候变通变出来的新“趣克”，另有一番胜境，想王尔德看了也不免一笑。例如劳小姐劝蔡牧师结婚，有这样的妙语：

Miss Prism: You should get married. A misanthrope I can understand – a womanthrope, never!

劳小姐咬文嚼字，把 misogynist（憎恨女人者）误成了 womanthrope，但妙在和前文的 misanthrope 同一格式，虽然不通，却很难缠。如果我不接受挑战，只译成“一个厌世者我可以了解——一个厌女者，绝不！”当然没有大错，可是听众不懂之外，还漏掉了那半通不通的怪字。最后我是这样变通的：“一个人恨人类而要独善其身，我可以了解——一个人恨女人而要独抱其身，就完全莫名其妙！”

王尔德用人名也每有深意。主角杰克原名 Ernest，当然是和 earnest 双关，我也用谐音的“任真”。“梁勉仁”当然是影射“两面人”。劳小姐原文为 Miss Prism，取其音近 prim（古板）。我改为“劳”，暗寓“牢守西西丽”之意，因为它音近 prison，何况她也真是“老小姐”呀。

最后要交代的是：《不可儿戏》写成于一八九四年，首演于一八九五年，出版于一八九九年；一九五二年曾拍电影。王尔德的初稿把背景设在十八世纪，不但情节更为复杂，而且还比今日的版本多出整整一幕来。终于他听从了演出人兼演员乔治·亚历山大的劝告，把初稿删节成今日的三幕，于是整出戏才畅活起来。可见即使才高八斗，也需要精益求精，才能修成正果。

不过王尔德毕竟是天才。当日他写此剧，是利用与家人去华兴（书中提到的海边小镇）度假的空暇，只花了三星期就完成的。我从今年二月初译到三月中，花了一倍的时间。王尔德的妙语警句终于捧到中国读者和观众的面前，了却了我十几年来的一桩心愿。

俏皮如王尔德，读了我的译本，一定忍不住会说：So you have presented me in a new version of Sinicism? It never occurred to me I could be made so Sinical. 萧条异代不同时。只可惜，他再也听不到自己从没讲过的这句妙语了。

一九八三年清明节黄昏

王尔德的幽灵若在左右